まえばる蒔乃《Makino Maeharu》
Illust. ザネリ《Zaneri》
JN010195
ハリボテ聖女は幼女になり、
愛の重い神様と追放ライフを満喫する

シャーレーン・ヒラエス
元筆頭聖女
何者かに殺害される
シャルテ
神様に救われ
8歳児になったシャーレーン

ケイゼン・サイティシガ
サイティシガ王国・第二王子
ルイスの弟
ルイス・サイティシガ
サイティシガ王国・王太子
カヤ
土地神
蛇神でシャーレーン
（シャルテ）の番《つがい》
ルルミヤ・ホースウッド
次席筆頭聖女
宰相の妾腹の娘

「生まれ変わっても何度でも、
惚れ直したかったんだ」
「…………その考えはなかった。
でも……あなたらしい」

Contents

ハリボテ聖女は幼女になり、愛の重い神様と追放ライフを満喫する

まえばる蒔乃《Makino Maeharu》

Illust. ザネリ《Zaneri》

Haribote seijo wa youjo ni nari,
Aino omoi kamisama to tsuihou life wo
mankitsu suru.

プロローグ

王宮の談話室にて。銀髪碧眼の美貌を歪ませ、ルイス王太子殿下が冷たく言い放った。

「元筆頭聖女シャーレーン・ヒラエス。君との婚約は破棄させてもらう」

「……かしこまりました、王太子殿下」

私が粛々と頭を下げると、まっすぐに伸ばした金髪が肩を滑る。白い筆頭聖女装束を着るのも今日限りだ。私は先日、聖女審議会を通じて筆頭聖女を解任されていた。

——経歴詐称と淫行疑惑によって。

「まさか君が、経歴も素行も穢れた女だと思わなかった」

殿下は、頭を下げる私を軽蔑の眼差しで睨む。

「君は『異世界から召喚された聖女』という触れ込みで教会にやってきたね。……だから君の世間知らずも、『召喚』されたときぼろぼろの姿だったことも、そういうものなのかと信じていた。全部、君が経歴を詐称していたからなんだね」

私は沈黙する。異世界から来たカワイソウな少女として祭り上げられ、最終的に筆頭聖女に収まったのは、まごうことなき事実なのだから。

殿下の隣に座った聖女ルルミヤが口を出した。

「わたくしも驚きましたわ。まさか初代筆頭聖女以来の聖女異能を持つ『神に寵愛されし聖女』

が……娼婦の娘だったなんて」

ルルミヤはカフェオレ色の髪にピンクの瞳の、甘ったるい砂糖菓子のような聖女だ。

聖女としての能力は平凡、意欲は並以下。それでも野心と宰相の妾腹という立場を利用して、能力に余る次席筆頭聖女にまで上り詰めた十七歳だ。

彼女の権力を使えば、私の出自を掴むなど容易かっただろう。

「後の処遇は追って沙汰が下りる。それまで聖女寮で引き続き謹慎処分に服していろ」

「承知いたしました」

「僕はもう君とは二度と顔を合わせたくない」

「ごもっともでございます」

「聞いているだろうけれど、僕はルルミヤと婚約する」

「おめでとうございます」

「筆頭聖女も彼女になる」

「……え？」

空気が固まる。おっとうっかり。

反射的に口を塞ぐも、殿下もルルミヤも目が点だ。

「失礼いたしました。ルルミヤが筆頭聖女なんて務まるのかしらと思いましたら、つい」

「正体を現しましたわね！　殿下、彼女はこうして聖女を演じていたのです、ずっと！」

鬼の首を取ったかのようにまくし立てるルルミヤの隣で、殿下は呆然としている。

ルルミヤの罵倒は収まらない。

「娼婦の娘ですもの……ああ、はしたない。どんな手管で人を惑わし筆頭聖女に上り詰めたのかしら。解任だけでは済みませんわ、なんとしてでも極刑を。教会はシャーレーンのせいで腐りきっているといえましょう、わたくしは父と一緒に教会内部の風紀の改革をいたしますわ、こんな穢れた聖女など、もう退出させた方がよろしいかと」

「……」

鼻白んだ顔をする私に、ルルミヤは片眉を吊り上げる。

「何かしら？　その目は」

「いえ……」

「あなたは、ここに座っているだけでも不敬なのですわよ？　自覚はありますの？」

「わきまえております」

「だったら殊勝な顔くらいなさったらどうなの？　神域を踏み荒らして穢し、あまつさえ王族に迷惑をかけたことを理解している顔には見えないのだけれど？」

「……」

うるせえな——ああ、もういいか。猫かぶりは失敗しちまったわけだし。

あたしは溜息をつき、深くソファに座り直した。

「その辺にしとけよ、ルルミヤ。あんたまで殿下にドン引きされんぞ」

足を組んで目を眇め、あたしは下ろしたまっすぐな金髪をかきあげる。

その所作はどう見ても、貞淑な聖女のそれではないはずだ。

「シャーレーン……!?」

あたしは、目を見開いた殿下に目を眇めた。

「そう、あたしは元娼婦の母と闇薬師の父を持つ、正真正銘この世界で生まれ落ちた女です」

化けの皮剥がれたり！　と言わんばかりにルルミヤが笑みを浮かべる。

あたしは彼女を無視し、殿下の目を見つめて小首を傾げてみせた。

「殿下。あたしたちはもう二度とお会いすることはないですよね？」

「あ……ああ」

「でしたら最後にいくつか、本当のあたしとしてお伺いしてよろしいですか？」

あたしの態度に、当然ながらルルミヤが立ち上がって怒る。

「ふ、不敬よ！　あなた……！」

「いいよ、ルルミヤ」

「殿下、」

「……僕をずっと騙してきた聖女の本当の姿、最後くらい見てみたいものさ」

ルルミヤは不承不承、口を閉ざす。殿下は護衛たちに目配せし、あたしに向き直った。

「……それで、聞きたいことはなんだ」

「あたしの淫行疑惑ってどこから出てきたんですか？　出自はともかくあたしは潔白です」

「嘘よ」

ルルミヤを無視し、あたしは殿下の目を見て続ける。

「あたしは婚約者の殿下にすら、月に一度しか会えませんでした。聖女寮に所属する聖女は、たとえ婚約者相手でも異性と個人的に接する方法はございません」

「……確かに」

「そもそも純潔でなければ、神は聖女異能をあたしから奪うはずです。教義を信じるなら」

殿下の表情が揺れる。不安げに口元に手を当てて彼は呟く。

「僕は……夜に髪を濡らして聖女寮の外から帰ってくることや、部屋の中で誰か男と話している声が聞こえたと話を聞いているが」

「そうですわ、わたくしが王太子殿下にお知らせしましたのよ」

ルルミヤが意地の悪い笑みを浮かべる。

「……ふふ」

あたしは思わず笑ってしまった。笑うとは思わなかったのだろう、びくりと身をこわばらせるルルミヤ。殿下はますます困惑をあらわにする。あたしは肩をすくめた。

「失礼いたしました。……殿下はお可愛らしいなと思いまして」

「なっ……！」

「あたしが夜に髪を濡らして部屋に戻る姿に、なにをご想像なさったんですか？」

殿下の頬に朱が散る。ルルミヤが口出しする前に、あたしは話を続ける。

「我が国は土地神カヤのもたらす霊泉の恩恵を得る国。筆頭聖女の勤めとして、神殿の最奥、土地神カヤの聖堂の霊泉で沐浴をするのです」

土地神カヤ。王宮の隣に位置する教会総本山の聖域の山頂、霊泉の湧き立つ泉に座すると言われる神様だ。初代筆頭聖女との契約で、サイティシガ王国の土地神になったと言われている。

歴代筆頭聖女は霊泉にて、その不可視の神と毎夜、沐浴を共にするしきたりがあるのだ。

「筆頭聖女は神の妻。沐浴はいわば夫婦の時間です。それを淫行と言われるのは心外です」

殿下がわかりやすく視線を彷徨わせる。ルルミヤが喚いた。

「嘘ですわ。どこかの男とつるんでいたのでしょう？　そこで」

「ハッ。あたしは誓って神の妻さ。次席聖女のくせに聖女寮を抜け出して、こそこそ王太子殿下に突撃した誰かさんとは違ってな？」

「……わ、わたくしは正当な手続きを踏んで殿下に直訴したのですわ！」

「はいはい。そりゃあホースウッド公爵家の力をもってすりゃあなんでもできるだろうさ。なにせ宰相様だからな？」

あたしは顔をこわばらせた殿下に向き直る。どちらが女狐なのか、今更気づいたらしい。

「殿下。霊泉沐浴は筆頭聖女だけのお勤めなので、次席聖女は知らなくとも当然です。……そもそも深夜に及ぶお勤めなので、彼女本人が目撃したのではなく、取り巻きの誰かに見張らせたのかと思われます」

「……そんな……」

「しかし、あたしが嘘の経歴で殿下を騙していたのは事実です。もちろんあたしも好きで騙していたわけじゃありませんが……そんなもの結果論でしかありません」

「好きで騙してたわけじゃないって……あなたねえ⁉」

自分の瑕疵をごまかすように、ルルミヤは声を張り上げる。

「あたしのことをちゃんと調べてたルルミヤちゃんなら、わかんじゃねえのか？」

「何がですの」

「あたしがどんな経緯で聖女にさせられたのか、さ」

ほんの一瞬だけ苛立ちを顔に出したルルミヤは、すぐに殿下への媚に切り替える。

「殿下、話を耳に入れてはなりません。こうして男たちを丸め込んできたのです、彼女は」

「はは、あたしが愛してるのは神様だけさ。もちろん、殿下も夫として誠心誠意、愛したいと思っていたが……こうなってしまえば、全ては御破算だな」

「シャーレーン……君は……」

「弁解も釈明もする気はない。ただ、あたしは元婚約者である殿下に、せめて最後に真実を話したかっただけさ」

あたしは立ち上がり、深く膝を折って辞儀をした。筆頭聖女としての別れを込めて。

「婚約破棄を賜り嬉しゅう存じます。私のような女が、王太子殿下の妃となりますこと、ずっと恐れ多いと存じておりました」

「シャーレーン」

「あたしにはこんな立場なんて、似合わねえのさ。じゃあな、殿下」

目を眇めて笑って、あたしは護衛に促されて退出する。鏡に映ったあたしの表情からは、すっかり筆頭聖女様のしおらしさは消えていた。

十年ぶりに――ただの育ちの悪い一人の女、シャーレーンに戻った瞬間だった。

あたしはそのまま聖女寮の筆頭聖女用の部屋に戻り、ヴェールを脱ぎ捨て、ぼふっとベッドに身を投げた。

「はー…………つっかれた……」

溜息をつきながら、魔術で無理に直毛にしていた金髪をかきあげる。本当はぐりぐりのくせっ毛だ。瞳はギラギラの橙色。派手な外見をしたあたしは当然、聖女なんてガラじゃない。

あたしが聖女異能に目覚めたのは八歳。

目覚めてすぐに、めざとく気づいた教会に強引に拉致された。

異世界転移の聖女なんて、教会上層部があたしを傀儡にするために作った虚像。

残してきた父を人質にされればいいなりになるしかなかった。

「……さ、これから行く当てはどうなるかね。修道院か、苦界か。はは」

大きな姿見に映る姿は亡き母にそっくりだった。

「……感傷に浸ってる場合じゃねえな。体は資本だ、今のうちに休めとこう」

こんな暮らしも最後だ。せめて叩き起こされるまで、幸せな惰眠を貪ろう――。

――しかし。

あたしの平穏は、予想よりずっと早く終わった。

深夜、寝ているところ、突然口を押さえられ、剣でずっぷりと腹を貫かれたからだ。

「～～～ッ！！！」

目の前が真っ赤になる壮絶な痛み。反射的に暴れる手足も、冷たい大きな手に押さえつけられて、身動きすら取れない。

口を塞がれて絶叫すらできない。あたしは、何度も、何度も剣で貫かれる。

悔しくてたまらない。こんなところでこのまま殺されたくない。

（助けて、神様………）

あたしは夜毎、霊泉の湧き出る聖堂で、目には見えない神様――あたしの夫に話しかけていた。

あたたかな霊泉に体を沈めながら、毎晩祈った愛しの神様。

（あたしはあんたの妻なんだろ……？　助けて、死にたく、ない……！）

そのとき。騎士たちが真っ白な何かに絡め取られるのが見えた。

（あれは、白い……蛇……？）

そこであたしは意識を失い、目の前が真っ暗になる。

どれくらい時間が経ったのかわからないが、気づけば部屋は静かになっていた。

「すまない」

そっと抱きしめられる。ひやりとした指が頬を撫で、低く柔らかな声が耳に届いた。

「……聖遺物をほどき、人の形を成すのに時間がかかった」

低くて優しい男の声だ。

深夜の暗闇の中、黒髪の男がベッドに横たわったままのあたしを見下ろしていた。

「あんたは……だれ、だ……？」

あたしの言葉に、彼はなぜか泣きそうな顔をした——ように見えた。

彼の口元には血糊がついていた。ぺろりと唇を舐め、彼は真顔であたしに言った。

「あなたは殺させない。……こんな思いはさせない。もう、二度と」

意識がまた、闇に落ちていく。体が浮く感覚がする。運ばれているのだろうか？

——薄れゆく意識の中で、あたしは懐かしい、歓楽街での暮らしを思い出していた。

第一章　カミサマが呼んだら来るとは思わねえだろ

「おめでとう！　君は聖女なんですよ！　もうこんな辛い人生送らなくていいんです！」

「……は？」

攫われた日のことを覚えている。

よく晴れた日のお昼、歓楽街で父の薬屋の店先に座り込んで、薬草をすり潰す手伝いをしていたときのことだ。

八歳だったあたしに、にこにこと神官たちが近づいてきたのだ。

手を差し伸べられ、あたしは反射的に身を引いた。

その態度に舌打ちをした神官たちは従者に命じ、あたしを担がせて馬車に押し込んだ。

「えっ……な、に⁉　人さらい⁉　ちょっと！　父さん！　父さん！」

「暴れるな、目立つだろ！」

「っ……バカ、顔はましなんだから殴るな、急ぐぞ！」

そのままあたしは攫われた。

母を弔ったばかりの父をひとりぼっちにしたくなかったあたしは、馬車の中で暴れ、殴られても嚙みついて、窓を突き破って飛び出し、傷だらけになりながら家に帰った。

すでに馬車で遠くまで運ばれていたので、家に帰るのに丸一日走り続けて帰った。

そこであたしが見たのはお金を受け取る父の姿だった。

父は泣き腫らした目をしていた。あたしと同じ、ひよこみたいな金髪にオレンジの瞳の父。無精ひげに汚れた白衣姿はいつもの父と変わりない。けれど。こんなに憔悴した姿を見るのは初めてだった。

「シャーレーン……？　教会に行ったんじゃ……」

「父さん……あたし離れたくない……」

しがみつくあたしに父は震えた声で言う。

「いいから行くんだ！　聞き分けろ‼」

初めて聞く父の怒声。神官たちが、これみよがしに眉をひそめた。

「聖女に怒鳴るなど……教会で引き取らせてもらう」

「さっさと連れて行け！　俺はもうガキのお守りなんざ、うんざりなんだ」

「っ……」

父は荒っぽくそう言うと、あたしを引き剥がして神官に引き渡す。神官はあたしを無理やり抱え上げ、声ばかりの猫撫で声でご機嫌取りをした。

「かわいそうに。教会では甘いお菓子を食べさせてやろう」

「綺麗なドレスもたくさんあるよ。女の子は可愛いドレスが大好きだろう？」

「やめろよ、あたし、カワイソウなんかじゃない。ドレスなんかより父さんといたい……やめて、放して、いや、いや……！」

馬車に押し込まれ、あたしは手足を魔術で縛られる。車窓から振り返れば、父が店から飛び出し、駆け出し、ころび、嗚咽を漏らしていた。父がわざと厳しい態度を取ったのだと、幼いあたしでもわかった。

「……う……父さん……」

あたしは馬車で、王都の中枢領域《セントラル・リージョン》に連れて行かれた。

王都の中でも小高い丘の上に設えられた、宮殿・貴族議会堂・教会総本山がまとめられた、文字通り国の中心部だ。

あたしは教会の奥、大神官マウリシオの前に引き出された。

マウリシオは紫の衣を纏った七十過ぎの神官だった。彼はあたしを見下ろして言った。

「お前は異世界から召喚された聖女シャーレーン。娼婦の母を忘れろ、闇薬師の父を忘れろ。異世界から我々が助け出した聖女だ。感謝して過ごせ」

聖女教育の日々は、それまでの人生全てを否定する日々だった。

まるで洗脳するように、綺麗な服を着せられて、ちやほやされてを毎日繰り返し、「異世界から来た聖女」として扱われ続けた。彼らはみんな、あたしの本当の出自を知らないようだった。

一方、あたしを攫った人々はなぜかその後、永遠に姿を見せなかった。

ゾッとした――あたしの素性を知る者は消される、と。

あたしは父を守るため、「異世界から来た無垢な聖女」の振りをした。

望まれるままに育ちの悪い所作全てを徹底的に改め、マナーを叩き込み、仕草の一つから寝るときまで、隙がないように「異世界から来た聖女」を演じきった。

異世界から来たという設定は便利なもので、あたしがどれだけ世間知らずでも、学がなくても、あたしが下賤の女と知らない神官たちは優しくとことん教えてくれた。

過酷な修行と奉仕活動に耐えさえすれば、衣食住に困りはしなかった。

けれどあの優しいざらついた声をした父はいない。両親とあたしの三人で、一つのベッドでぎゅっとくっついて寝た、あのベッドに父が今たった一人で寝ているのだと思うと、泣いて叫び出しそうになった。

——聖女として成り上がれば、残された父の暮らしもきっと楽になる。

——聖女としての働きは、遠くで父も見てくれている。

苦しい夜を乗り越えたのちに努力が実り、あたしは十四歳で最年少の筆頭聖女になった。

生まれつきの聖女異能の強さと、必死の修行の成果だった。四肢を繋ぐことはもちろん、失った体の一部を蘇らせることも、瀕死の病人を全快させることもできる。神によく愛されているからだと、教会の高位神官たちは絶賛した。

あたしは教会の都合のいい傀儡として見事に役目を果たした。異能で人々を癒やし、聖女らしい立ち振る舞いを徹底して。それでいて筆頭聖女としての強みを生かして、民への奉仕活動の改善をしたりヒラ聖女の労働環境を改善したり、結構頑張った。父さんがそういう交渉ごと、得意だったからあたしも似たんだろう。『聖女』の演技力も、娼婦時代は売れっ子だった母譲りなのかもしれない。自分で言うのもなんだけど「理想の聖女様」をやれていたと思う。

　そして理想の聖女様は王太子と婚約し、十年の任期が明ける来年、結婚する予定となっていた。教会と王族が繋がるための政略結婚だった。

　──この国の権力は三つに分けられている。

　あたしを捕らえた、大神官を頂点とする教会勢力。

　宰相を頂点とする貴族議会勢力。

　そして──最も勢力が弱い、王族勢力。

　王妃に権力はない、ただのお飾りだ。経歴が真っさらな人形《あたし》が収まるのは都合がよかった。

　──けれどあたしの健闘はここまで。

　宰相ホースウッド公爵の妾腹の娘、ルルミヤが聖女異能に目覚めたのだ。

　普通の令嬢なら聖女異能に目覚めても、裏金で教会入りを免除される。年頃で売りどきの貴族令嬢にとって聖女になるなんて若さの無駄遣いでしかないからだ。彼女は妾腹だからこそ送り込まれた女だった。

　彼女の聖女異能は弱かったし、修行もろくにしていない。

『治癒なんて下々の生まれの者がやるものよ』

　そんなスタンスのルルミヤだが、彼女は父親のバックアップを大いに利用して、あっという間に次席聖女に上り詰め、王太子に接触。世間知らずで温室育ちの王太子に、あたしの素性と疑惑を吹き込んだというわけだ。

あたしの死後、教会と議会、王族の三すくみの関係はどうなるのだろうか？

宰相と王族が繋がるとなれば、教会は対抗するため新たな策を講じる必要がある。

――まあ、もうあたしには、関係のない話だけど。

（……呆気ない人生だったな。まあ、いいか。父さんが元気なら、それで……）

ふと、あたしを助けてくれた黒髪の男の顔がよぎる。

（……助けてくれたあの人……はは、悪いな、あたしはもう……助からないみたいだ）

「シャーレーン」

低い声で名を呼ばれ、あたしの意識は覚醒する。

窓から差し込む月明かりに、あたしに膝枕をした男の姿が映っている。

清潔なベッドで、あたしは寝かしつけられていた。

聖女寮ではない、知らない場所だった。

「目が覚めた。よかった。痛くはないか？」

男は気遣うように黒い瞳を細める。あたしの頬は、ずっとその大きな手に包まれ撫でられている。

整い過ぎてかえって無個性だと感じるほど、異常に均整の取れた顔立ちの男だった。切れ長の眼差しは強く隙がなく、黒衣に身を包んだ体は無駄のない均整のとれたシルエットを描いている。

右目の下のささやかな泣き黒子だけが淡い主張をしている。知らない男だ。

「傷は……ない」

　手も足も体もぐちゃぐちゃになっていたはずなのに、ネグリジェを纏ったあたしの体は傷ひとつない。痛む場所もなければ、肌も触り心地が妙にいい。

「ありがとう。あんたが助けてくれたのか？」

「……すまない。この体に戻るのに慣れていなくて、あなたを助けるのに時間がかかった……痛い思いをさせた」

「謝る必要はないだろ？　死んで当然だったのを、ここまで治してくれたのに……これほどの治癒、筆頭聖女のあたしでも難しいよ」

「シャーレーンに傷一つ残したくなかったから、頑張った」

　いつまでも膝枕されているのも収まりが悪いので、あたしは身を起こす。

　髪もふわふわと元の癖っ毛に戻っている。きっと身を清めてくれたのだろう。

「……ん？」

「どうした？」

「着替えとか……風呂とか……誰が？」

「妻の体を他人に見せるなど、するわけがない」

「ん？」

「治癒も清めるのも、俺がやった。全部」

癖なのだろうか、唇をぺろりと舐めながら、無表情な男は言う。

「……妻って誰だよ」

「あなただ、シャーレーン」

「え……」

石鹸の匂いが漂う清潔な体を抱き、状況に頭が爆発しそうになる。

「まて。まてまてまてまて。な、なんだ、その妻って、……妻ぁ⁉」

あたしの混乱を見た男の眉間に、深い、深い皺が寄る。

「……傷ついた」

「あ、あああ悪い。その、悪い。男の人とあんまり話すことないから、忘れるってことはないと思うんだけど」

「…………」

「ええと、……えっと、どこであった？　治療会？　騎士団訪問？　それとも」

「本当に覚えていないのか？　最近も夫婦として、何度も夜を過ごしたのに」

「何度も⁉」

「……忘れたのか、俺を」

男はじめっとした、少し恨みがましいような顔でぼやく。

表情が硬いぶん、黒々とした瞳の訴える圧がすごい。

「あなたは俺の妻だ。ようやく呼ばれたから、すぐ来た。けれどあなたは俺を……」

「ま、待って、落ち着けよ」

「あなたは夫以外の雄《おとこ》の前でも、平気で裸になれるのか？」

「な、なれるか！　ってか、男の前で脱いだことなんてねえよ！」

「……俺は……？」

「待て、あの、ごめん、ちょっとあたし、理解が追いついていなくて、待って、」

　あたしが裸で、誰かと一緒にいた場所。あたしの結婚相手として思い当たる男。

　その答えは――一つしかない。

「あんたは……もしかして、神、サマ？」

　にっこり。

「思い出したか、シャーレーン」

　愛しそうに熱を帯びたその表情が、全ての答えだった。

　――筆頭聖女が祈りを捧げ、毎晩神殿の霊泉で水浴びを共にする『神』。

　カミサマなんて、いないと思っていたのに。見たことだってないのに。

「あなたが教会を離れるのならば、俺もあなたと行く。これからは決して傍から離れない。夫婦とはそういうものだろう？」

　あたし、土地神に溺愛されし聖女って言われてたな、そういや。

「まさか、呼べば本当に来るなんて思ってなかったよ……」

　そしてこのとき、あたしはまだ気づいていなかった。自分の体が十八歳の肉体から、ちょうど聖女異能に目覚めた年頃、八歳まで若返っていることに。

◇◇◇

筆頭聖女解任に、婚約破棄に、暗殺に、神様兼夫の登場。

「あんまいっぺんになんでもかんでも来ても、あたしには考えきれねえっつーの……」

朝を迎えたあたしは、宿泊している宿の部屋で優雅に朝食を口にしていた。

王都の城下町にある超高級有名一流ホテルの一室で。

「夢じゃないんだよな？　これ」

硬めに焼いたバゲットも、用意された蜂蜜とバターも、サラダも、オムレツもハーブティも、どれもシンプルながら最高級の朝食だ。高級ホテルじゃなけりゃ、朝からこんな整った生野菜に半生で食べられる卵なんて出ない。

「……美味しい」

向かい側に座る神様が頬杖をついてこちらを見ている。表情が柔らかい。

「よかった。シャーレーンとこうして食事をするのは好きだ」

「食べてないだろ、神様」

「俺は神だ。食べ物は必要ない。……でも、夫婦なら同じものを口にするべきだろうか。ならば内臓も人間らしく作り替えよう」

「あー……うん……そこまでしなくていいよ」

目の前で片肘をついて座る神様は、実にご機嫌そうだ。

朝日に照らされた姿を見ても、相変わらずとんでもない美形だ。朝が似合わない陰のある雰囲気で、妙に据わった目をしているけれど。しっとりとした黒髪はいつも濡れ羽色に輝いていて、泣き黒子さえ色気がある。一秒たりとも目を離すまいと、瞬きすらしない勢いであたしを見ている。

「今までなんで姿を見せなかったんだよ。霊泉での沐浴はいつもやってたのに」

あたしの問いかけに、神様は一瞬だけ言いよどんだそぶりを見せて答える。

「……聖堂に祀られたまま、人間の形にはなれなかったから。シャーレーンと同じ姿にならずとも一緒にいられるだけでよかったし」

「そ、そう……」

「何よりシャーレーンは、これまで一度も俺に助けを請わなかった」

神様はあたしを見透かすように、黒々とした瞳でこちらを見ていた。

「独力で苦難を乗り越えようとするあなたに余計な手出しをするのは無粋だと思ったから。呼ばれたら、全てを捨ててでも傍に行くと決めていたが……」

「そっか……ずっと見守ってくれてたんだな、神様」

今までの生き方を認めてもらえたような気がして、胸の奥があたたかくなる。

嬉しくなったあたしとは対照的に、神様は顔を曇らせる。

「でも人の姿を取らなかったせいで、いざというとき守れなかった。……すまない、俺が遅れて痛い思いをさせて」

「いいって、感謝してるよ。神様がいなかったら死んでたんだ。……そんなことよりさ」

あたしはまだネグリジェを着たままの体を見る。

「神様が傷を治したら体が縮むんだな、知らなかったよ」

下着まですっかり世話されていた事実は忘れ去るとして（頼む今は忘れさせてくれ、さすがのあたしもまだ動揺してんだ、なんだこのネグリジェはあんたの趣味か？　いや備え付けのやつや用意されたやつそのまま着せてくれたんだろ、そういうことであってほしい、なあそうだろ神様よ、あ、いや今答えなくていいですお願い何もその件に関して今は触れないで）十八歳だったあたしは神様に治癒されて幼く若返っていた——八歳くらいだろうか。

手足はネグリジェに埋もれているし、元々女にしては背が高い方だったけれど、八歳になってしまうとさすがに色々と寸足らずだ。椅子に座った状態でも足はぶらぶらするし、テーブルも少し高い。

マグカップを両手で抱えてミルクを飲むと、神様が微笑ましそうに見つめてくる。

「可愛い」

「中身、十八の女だぞ」

「俺にとっては容姿も年齢も些事だ。シャーレーンは可愛い」

「……ほんっと、愛されてんだな、あたしは」

神様の話によると、死にかけた人間を癒やすには体の時間を巻き戻すのが一番らしい。この姿なら誰にもあたしがシャーレーンだとバレないだろうし、ラッキーだ。

「しっかしよ、神様。こんな小さいガキ連れて二人っきりで着のみ着のままホテルにしけ込んで、あんた疑われなかったのか？　お金は？　身分証は？　なんもねえだろ」

「問題ない」

「……甘えていいのか？　本当に？」

「ああ。安心して、たくさん食べてほしい」

そう言いながら神様は、デザートのパンケーキに添えられた苺をフォークで掬い、たっぷり蜂蜜を絡ませて差し出してくる。

「ん。シャーレーン」

望まれるままに、あたしも口を開けて苺を受け入れる。

「……まあ、それなら信じて甘えるけど」

「夫は嘘をつかない。信じてほしい」

腹が減っては頭も働かない。まずは食べるしかない。

そんなこんなで空腹を満たしたところで、神様はあたしに問うた。

「これからどうしたい？　シャーレーン。俺はあなたについていく」

「ん。そうだな……」

あたしは窓の外へ目を向ける。そこには海と港が広がっている。

思えばあたしは、こんなに自由は初めてだ。

「……そういやあたし、自分のやりたいことって……考えたことなかったな」

ハリボテを剥がしても中身は空っぽで、あたしは思わず苦笑いが漏れる。

攫われてからは聖女として生きるためにただただ必死だった。攫われる前も幼過ぎて、ただ父の傍にいて一緒に生きることしか考えていなかった。

いきなり自由になっても、まるで糸の切れた凧のようだ――。

そのとき、ノックの音が響いた。

「失礼致します」

食事を下げに従業員がやってくる。顔を見られるのが怖くて、つい神様の後ろに隠れる。あたしが人見知りの子供に見えたのだろう、従業員は微笑むと頭を下げた。

「お召し物をご用意しております。既製品ではございますが隣の部屋に揃えました」

「お……お召し物……？」

「その装いでは障りがあるだろう。準備してもらった。俺ではわからないから、頼んだ」

「高級ホテルのサービスって、至れり尽くせりだな」

着替えの部屋についてこようとする神を、慌てて押し戻す。

「待て。着替えはついてくんなよ」

「夫なのに？」

「なのに、って、ま……っ！」

あたしは慌てたが躾の行き届いた従業員は全く気にしない様子でケロッとしている。それでいいのか、おい。怖いな、世間。

あたしは背伸びして（神様も当然のように屈んでくれた。助かる）神様に耳打ちする。

「夫だろうがなんだろうが、女の着替えには来るな、な？」

「わかった。シャーレーンの気持ちを尊重する」

「ありがとな」

「でも万が一の危険もあるから、ドアの横に座っている。……そうだ、蛇だけでも」

しゅる、と神様が袖から蛇を出そうとするもんだから、慌てて袖口をきゅっと絞る。

「やめろやめろ、蛇がいきなり出てきたら従業員がかわいそうだ」

押し問答の末、あたしはなんとか一人で着替えに別室に向かえた。

「愛されていらっしゃるのですね」

従業員がにこにこと言う。あたしは「えへへ……」と下手な笑みを浮かべてごまかした。


――それから小一時間後。

従業員がちやほやと可愛らしいお嬢様然とした服を見繕ってくれたので、その中でとりあえず一番聖女のイメージからかけ離れた、フリルが何層にも重なった赤いワンピースを選んだ。

着替えたら、流れで髪も綺麗に整えられて、ぱっと見は良家のお嬢様仕様になった。着替えて部屋を出ると、神様ががた、と椅子を弾き飛ばして立ち上がる。

そして真顔で言った。

「可愛い。さすが俺の妻」

「だぁから、妻って言うなよ……あ、そうそう。これからの話だけど」

あたしは着替えの間に考えた、今後の行き先を神様へと告げた。

「……故郷に帰りたいかな、とりあえず。父さんに会いたい」

「話には聞いている。背が高くて酒に強くて、昔はケンカに強かったという」

「詳しいな」

「霊泉で俺に話してくれていただろう、話しかけてくれて俺はいつも嬉しかった」

「あの……その頃のことは忘れてくれよ……変なこと、言ってたかもしれないから」

あたしは顔を覆う。

霊泉は筆頭聖女しか入れないし、結界で物音も外に漏れない。誰もいないと思っていたから、沐浴のときはいつも本来の口調で、「神様」相手にあれこれおしゃべりをしていたのだ。

「忘れない。毎日シャーレーンの話を聞いていると幸福になれた」

「そこまで想ってくれてたなら確かに、ドチラサマ？　なんて顔したら怒るよな、そりゃ」

「……仕方ない。シャーレーンは……忘れているのだから」

神様がまた妙に切ない眼差しであたしを見る。懐かしむような眼差しだった。

「あなたが俺のことをどう思っていようとも、俺はあなたを愛している。あなたはゆっくり時間をかけて、俺を愛してくれれば嬉しい」

「あ……猶予ありがと……（ありがとう、なのか？）」

――とにかく出なければ朝は始まらないと、あたしと神様はホテルを出た。

金とかチェックアウトとかどうするんだ、と思っていたら、神様が従業員を見つめるだけで、従業員は当たり前のように従った。背中から嫌な汗が噴き出す。

「お、お世話になりました～～」

笑顔で子供らしい愛想を振りまきながら足早にホテルを出たところで、あたしは物陰に神様を引っ張り込んで詰め寄った。

「シャーレーン、大胆……」

「うっとりした顔すんじゃねえガキ相手にッ！　って、そういうことじゃなくて金、大丈夫なのか、犯罪だろ」

「問題ない」

「……もしかして、危ない術でも使ってんのか？」

「違う。この国に生きる俺の信者は、みんな、神《おれ》が求めれば喜んで貢ぐ。そういう風にできている」

「とんでもない能力だな」

「俺への信仰が及ばない範囲には効果はない、今は大した力ではない」

あまりにも都合が良い力に、あたしは訝しむ。

神様は嘘はつかないようだが、説明が足りているタイプかと言われればそうでもない。

念のため、尋ねる。

「……副作用、起きないだろうな……？」

「ちょっとある」

「ほらやっぱり。何が起きるんだよ」

「俺に何かを与えることは、神への貢ぎ物と同じだから。……多分……客が増えるとか……何か幸運なことが起きる」

「……副作用っつーより、祝福じゃんかそれ」

ともあれ、着のみ着のままで飛び出した身としてはありがたい。

「どうか、あたしが世話になったぶん以上の祝福、降りてきてくれますよーに……ッ！」

ホテルに向かって祈りを捧げたあたしは、神様と一緒に故郷行きの乗合馬車に乗った。


――乗合馬車の中は窮屈で、少し土っぽい。

攫われて聖女になってからは無菌室のような世界に生きていたから、なんだか急に自由になったんだ、と実感した。

座席はすでに埋まっていて、神様とあたしは後ろの隅っこに座ることにした。

「シャーレーン、ここに座って」

「……ありがと」

神様は膝を立てて座ると、あたしを膝の間にすっぽり包み込んだ。神様が微笑んだ気配がする。

あたしは気恥ずかしくて俯く。中身は十八歳の女だ。

「あら、そんなところで大丈夫かい」

あたしたちを見て、中年の女性が顔を綻ばせる。

「随分、別嬪なお嬢さんだこと、あんたら、兄妹かい？」

「妻だ」

即答する神様にあたしはむせる。冗談に聞こえたのか、おばさんはけらけらと笑った。

「あらまあ、可愛らしい夫婦じゃないか」

「も、もう……」

こちらは八歳まで若返っているというのに、神様は平然とそんなことを言う。幼女趣味《ロリコン》だと思われんのが怖くないのか。怖くないのか、神様だからそんなもんか。

「可愛らしいお嫁さんを連れてどこに行くんだい？　この馬車は田舎にしか行かないよ」

「義父上に会いにいく」

「あらま～～!!」

「…………………」

どんな風に見られているのか、考えるだけでいたたまれない。

恥ずかしいから俯いていると、わざわざおばさんは二人で座りやすい席を譲ってくれた。

「お嫁さんなら大事にしてあげなさい。こっち座りな、そっちに座ってると尻が取れるよ」

「取れる？」

「痺れるって意味さ！　ほらほら、お嫁さんも立ちな」

「あ、でも」

「いーっていーって！　遠慮しなさんな！」

おばさんはこちらが躊躇う暇も与えないように、さっさと立ち去ってしまう。

神様がその背中に向かって呟いた。

「ありがたい。あなたに神の加護があるように」

何が「神の加護を」だ。神はあんただろ。

席を譲ってもらって申しわけないと思いながら、あたしは神様と一緒に座席に座る。

ふと、おばさんの歩き方が気になった。

（……おばさん、腰が悪いんだ。だから座って負担がかからない場所を知ってて……）

普段彼女は腰に負担のかからない席に座っているのに、譲ってくれたのだ。申しわけない。あたしはそっと、おばさんの背中に祈りを捧げる。筆頭聖女なので、名も知らぬ相手にこの距離でも十分治癒異能は発動できる。

（神よ、善き信仰者に治癒の祝福を……）

「呼んだか？」

隣の神様があたしの顔を見る。あたしは顔をしかめた。

「……心の中で呟いても聞こえてるのか？」

「そういう仕組みだ」

「ならわかるだろ、頼むよ」

「承知した」

神様が頷いた瞬間。

ぴりぴりと、聖女異能を発動したとき独特の反応があたしの体を走る。

するとおばさんの背中から、ふわっと力が抜けるのが見えた。首を傾げて、何度も腰を擦っている。成功した。

「よかった」

小さく呟くあたしの肩を抱き寄せ、神様は囁いた。

「まだ蘇りたてで、体に負担がかかっている。しばらく俺にもたれて寝た方がいい」

「……じゃあ、お言葉に甘えようかな」

あたしはぎこちなく神様の胸板に頭を寄せる。神様の長い腕が、あたしを包み込んだ。人の視線が気になって周囲を見れば、微笑ましい、といった目で見られている。仲睦まじい夫婦に見えているのだろうか。

（ねえ、神様）

あたしは神様に、心の中で話しかける。神様がこちらを見た。

（聖女異能は、神様の力なんだろ？）

「ああ、そうだ」

（そっか……ずっと、あんたの力を借りてたんだよな、あたしは）

だんだん、肉体の微睡に意識が引きずられていく。舌足らずになりながら、あたしは神様の服をキュッと掴み、最後にこう伝えた。

（いつも……力を貸してくれてありがとう、神様）

神様は薄く微笑んで、あたしの髪を撫でてくれた。

揺れと体温が心地よくて、うとうとと意識が眠りへと移行する。

（……父さん、元気にしてるかな。引っ越したかもしれないけれど、そのときはそのときだ）

あたしは馬車に揺られながら、呑気にそんなことを思いながらまどろんでいた。

これからどんな思いをするのか、思い悩むこともせずに。

◇　別視点／その頃の王都　◇

シャーレーンが死んだとの一報が、王太子ルイスの下に届いた。朝食を終えた頃に訪問してきたルルミヤと、庭園を散策していた最中だった。

「なんだって……？」

聖女護衛騎士団《メイデンオーダーズ》の団長以下四名が、王太子ルイスの前で膝をつく。

「部屋にはすでに人の形をしていない臓腑らしき物が転がり、血の匂いで凄惨な状況です」

言いながら騎士が袋から取り出したのは、血まみれになった聖女装束。王太子とルルミヤの前に、最後に現れたシャーレーンが纏っていた装束だった。

　絶句する王太子の隣で、ルルミヤは臭いに顔をしかめ、扇で顔を覆う。

　淡々とした調子で、騎士団長は報告する。

「シャーレーン・ヒラエスの正体は、ルルミヤ次席聖女の実家ホースウッド公爵家と教会上層部以外にはまだ広まっておりません。つきまして大神官マウリシオ猊下は彼女について『役目を果たして異世界に帰還した』と本日正午の一般謁見を前に発表する予定です。殺害犯についてはシャーレーンの部屋へ行った後、行方をくらました聖女護衛騎士三名が有力視されていますが、犯行目的など詳細は猊下の命で調査中です」

「お前。次の筆頭聖女はわたくしで変わりないでしょうね？」

「ルルミヤ様のご就任についても、それに合わせて」

「ならいいでしょう……あら殿下？　いかがなさいましたか」

　ルルミヤの言葉でルイスははっと我に返る。そして命令を待つ騎士団長を見た。

「ご苦労だった、下がれ」

　彼らが立ち去ったのち、侍女たちが血肉の残り香を消し去るように換気を始める。

「朝から嫌なものを見ましたわね」

　扇で口元を覆いながら肩をすくめるルルミヤの隣で、ルイスは深呼吸をした。まだ、調子が戻ってこない。

「王太子殿下？」

「……シャーレーンは……死んでしまったのだな」

「ええ。けれど彼女にとっては幸福だったのかもしれません。……聖女の暮らしに慣れた後に、元の最下層に戻るのは酷だったでしょうから」

隣であれこれとおしゃべりを始めるルルミヤを聞き流しながら、ルイスはしばらく、騎士たちの消えた方向をじっと見つめていた。

「殿下。もしかして罪悪感を覚えていらっしゃるのですか?」

「僕は……」

感情を言葉にできないままでいると、するりと、ルイスの手にルルミヤの手が重なる。

シャーレーンにエスコートしたことすらないルイスは、突然触れてきた女の手に戸惑う。それを知ってか知らずか、ルルミヤは目を合わせ、さも同情するかのように微笑んだ。

「婚約解消とシャーレーンの死は関係ありませんわ。あの女は経歴詐称のハリボテ聖女です。きっと土地神カヤの天罰が落ちたのでしょう」

「……天罰……」

「ええ。どうか筆頭聖女としてわたくしに癒やさせてくださいませ、殿下の御心を……」

ルイスは口をつぐみ、寄り添ってくるルルミヤの頭を見下ろす。ルルミヤは宰相であるホースウッド公爵の愛妾の娘だ。極右勢力に支持基盤を持ち、積極的に王国の軍事拡充を訴えるホースウッド公爵は保守派の教会と対立している。

王家と宰相の勢力を結びつけるため、ルルミヤはルイスに送り込まれているのだ。

ルイスは庭の花々に目を向ける。シャーレーンとは何度かこの庭で見合わせの散歩をした。

金盞花《カレンデュラ》が揺れている。シャーレーンがあの花をじっと見ていたのを思い出す。

「ルルミヤ。あの花にも花言葉はあるのかい？」

「はい。金盞花の花言葉は……失望、寂しさ、悲嘆、別れの悲しみ……だったと思います」

「すごいね、聞いたらすぐに言えるものなんだね」

「花言葉は聖女の大切な教養ですわ。花言葉に祈りを込めて御守りに刺繍しますので」

誇らしげに言ったルルミヤの言葉に、ルイスは確信する。

シャーレーンはあのとき、思いを馳せていたのだ。外の、本当の居場所だった世界に。

「……別れの悲しみ、か」

その花言葉は、最後に垣間見たすがすがしい笑顔と符合した。

彼女は帰る場所があり、その場所が本当の居場所だったのだと。

――ルイスはシャーレーンに特別な思いを感じたことはなかった。

美しく聡明な女なのは確かだったが、常にどこか作り物じみていた。彼女は傀儡の王太子として据え置かれた自分の婚約者として理想的過ぎるお人形で、だからこそ余計ルイスは同族嫌悪に近い苦手意識を感じていたのかもしれない。

国王が本来の後継者として考えているのは、現在国外留学中の第二王子ケイゼン。まだ十七歳ながらすでに王妃似で気弱なルイスより背が高く、父とよく気が合い溺愛されている次男だった。

ルイスはあくまで、ケイゼンが実績と経験を得るまでの繋ぎでしかない。実際、シャーレーンの正体が発覚した段階で、ルイスは国王からルルミヤと婚約するように命じられていた。宰相の娘であり次期筆頭聖女となる彼女と繋がることは王権の保持のために絶対必要なことだった――しかしそれも結局、国王と第二王子のためでしかない。

自分はどこまでも傀儡だ。

しかしシャーレーンは傀儡ではなかったのだ。

彼女は全てを失ったとき、すがすがしい笑顔で笑って消えた。

『じゃあな、殿下』

彼女の本当の笑顔と声が、目に焼き付いて離れない。

シャーレーンに聞きたい。金盞花にどんな思いを馳せていたのか。聖女として過ごす日々、傀儡の笑みを浮かべながら、どんな別れの悲しみを、寂しさを、失望を、胸に抱いていたのか――けれど全ては手遅れだ。

あの強い眼差しの女がこの世にいないなんて、信じられないけれど。

シャーレーンの死を前に、三大勢力は三様の動きをしている。

大神官マウリシオはシャーレーンの出自も死も隠蔽しようとしている。

宰相は娘ルルミヤを筆頭聖女として送り込み、教会内勢力を牛耳ろうとしている。

国王は傀儡王太子ルイスに筆頭聖女ルルミヤと繋がるよう命じている。

――しかし権力者も、その手駒たちも気づいていない。

本当に、シャーレーンを殺した勢力に。

本当は、シャーレーンは殺されていないことに。

◇◇◇

馬車を乗り継いで丸二日かけて、あたしと神様は王国第二の都市、マケイドを訪れた。そこでさらに一泊して、徒歩で都心部から少し離れた一角に向かう。

歓楽街なんて名ばかりの、非合法な娼館や怪しい店ばかりが集まる掃き溜めのような場所だ。

マケイド近郊の鉱山で働いた労働者たちが、まとまった金を握って酒と女と博打を貪る街。混ざり物の多い酒の匂いと酸っぱい嫌な臭いが、常にまとわりつく吹き溜まり。

昼間はあちこちの店が営業前で、くたびれた寝起きのような雰囲気を醸している。

「シャーレーン、手を繋いで」

「ん？」

「危ないから」

しゅる、と神様の黒い服の襟元や袖口から白い蛇が顔を覗かせる。

「うわ」

「あちこちからシャーレーンを見ている。危険だ。シャーレーンは穏便に済ませたいのだろう？」

「心配ありがとう。わかったから蛇隠せ、バレたらコトだぞ」

言いながらあたしは蛇を袖の中に押し戻しつつ、神様の指の長い手を握る。

謎の青年と、街にそぐわない可愛いワンピースを着た八歳児。手を繋いで大通りを歩いていると、いよいよチグハグな子連れの様相だ。

案の定、通りすがる連中がじろじろと怪訝な顔で眺めてくる。男が子供を売りに来たように見えているだろう。それでもあたしの足取りは軽かった。

「楽しそうだな、シャーレーン」

「そりゃあ、あたしが生まれ育ったのはこの街だからな。……ずっとこの街で暮らすと思ってたし、離れるとしても、父と一緒だと思ってたんだ」

一緒に暮らしていた頃、父はあたしに積極的に仕事を手伝わせていた。計算をさせたり、薬草の管理を任せたり、薬作りの手伝いをさせたり。店番だってさせられていた。暮らしの中で自然と、父はあたしに薬師として生きる力を与えてくれようとしていた。

父は仕事に関しては厳しい人だったけれど、それも含めてとても優しい人だった。

街を歩いていると、父との思い出が次々と蘇ってくる。

父が薬草を紙に巻いて吸っていた、煙草の匂い。

夜通し仕事をした父の寝顔を見ながら、朝、買ってきたパンを食べる静かな時間。

娼婦時代の苦労が祟って死んでしまった母の顔だって、一緒にいた時間は短いのに、今でも昨日の思い出のように鮮やかだ。

父はあたしを撫でるとき、時々切なそうな顔をしていた。父は成長していくあたしに母の面影を見つけては偲んでいた。豪胆な父だった。けれど寂しがりやでもあった。

歩きながら、あたしは神様にちょこちょこと思い出話をした。

神様は聞きながら時々、「ああ、沐浴のときに話していたあれか」といった感じに答えてくれる。本当に、話はちゃんと聞いてくれていたらしい。

「……父さん、随分と長い間ひとりぼっちにしちまった。早く帰らねえと」

どんどん、あたしは早足になっていく。

父がどんな顔をして生きているのか気になって仕方ない。

「ああでも、今この姿だからわかんねえかな？　びっくりするだろうな、あたしが帰ってくるなんて思ってなかっただろうし」

神様の相槌が止まっても、あたしは興奮のままに呟いていた。

角を曲がった先に、父の店がある。半ば走り出しそうな勢いで、あたしは角を曲がった。

「え……」

父の家は、更地になり、近隣の商店の物置になっていた。狭い店が軒を連ねる商店街の一角だけ、ぽっかりと歯抜けになっている。

「おい、嘘だろ？　父さんは……？」

怪訝そうにこちらを眺めていた通りすがりの男を捕まえ、あたしは話しかける。

「なあ、おっさん。ここにあったヒラエスの店を知らないか？　あたしによく似た顔で、金髪の男が薬屋を営んでいたんだ」

「ああ？　んな店あったかな。そこは俺が覚えてる限り、ずっと空き地だが」

おじさんは酔っ払っているのか、ふらつく体で首を捻る。あたしは礼を言って、急いで近くの商店に飛び込んだ。突然やってきた子供に、店主が目を剥く。

「なんだなんだ、身売りならここじゃねえぞ？」

「あのさ、そこの薬屋はどうなった？　あたしが知ってる限り、十年くらい前に娘と二人暮らしの男がいたはずなんだけど……」

「随分、古い話を知ってるな、ガキ。俺は知らねえが、噂では放火に遭って店主も娘もおっ死んじまったとさ。闇薬師の跡地なんて不気味で仕方ねえって、それから何も建ってねえとか……おい、ガキ!?」

頭が真っ白になる。あたしは弾かれるように走った。再び店の跡地に向かい、雑草をかき分ける。根本の土が黒い。心臓がばくばくと脈打つ。苦しい。眩暈がする。

「シャーレーン」

神様が跪き、あたしの顔を覗き込んでいた。

「先ほどの男に詳しい話を聞いた。……墓は、歓楽街の教会の裏にあると」

一足飛びに聞かされる、「墓」の言葉。

言葉を理解するのを体が拒絶する。頭が痛い。

「嘘だろ？　一緒に死んだって言われてるあたしがこうして生きてんだ、父さんも生きてるに決まってる。あたしは信じない」

「シャーレーン……」

あたしは、神様に縋りついた。

「なあ、神様。神様ならわかるんじゃないのか？　父さんが生きているかどうか。神なら生きとし生ける者の息吹を感じられるんだろ？」

神様は小さく、すまない、と言った。

「……この国の土地で生まれた魂なら、辿れるのだが……」

「流れ者の父さんの魂は……感じられないってことか？」

――話をもっと聞きたい。

諦めきれずに、あたしは最も老舗の娼館の年嵩で事情通であろう娼婦を一晩買うことにした。歓楽街で情報集めをするなら一番これが手っ取り早い。

もちろん、女児連れでは門前払いになる。一旦神様だけで話をつけた後、あたしが部屋に窓をよじ登って入ったのだ。長い赤毛の娼婦は目を丸くした。

「呆れた。こんな子供を娼館に連れ込むんじゃないよ」

「子供ではない、彼女は俺の妻だ」

「もっと良くない」

「待って姐さん。ちょっと色々あってさ。宿泊費にこれ、どうかな？」

あたしは彼女の目の前に、紙煙草数箱と酒瓶を渡す。神様が昼間商店にて、父の墓についての話を聞くついでに貢ぎ物として得ていたものだ。

「……ま、いいよ。どうせあたしも暇していたところさ」

わけありだと理解してくれたのだろう、彼女は口止め料を受け取り、あっさりとあたしたちを受け入れてくれた。

それからあたしは当たり障りのない範囲で、こちらの事情を打ち明けた。

昔歓楽街で世話になっていた人――ヒラエスの行方を捜しにきたことを。

「ヒラエスさんかい。あの人はいい人だったよね」

「知ってるの、姐さん」

「ああ。やさぐれてはいたが、一度見たら忘れられない美形だったからね」

差し入れに渡した紙煙草を燻らせながら、彼女は遠い目をして語った。

「まだ新人の頃に薬と香油を世話してもらってたよ。火災で死んだって噂は本当さ。真っ黒こげの死体が薬品でぐちゃぐちゃで、見れたもんじゃなかったって話を聞いているよ」

「……そうか」

父を知っている人間の口にする、父の死。

煙草の灰が落ちる。

あたしはぐらぐらと眩暈を感じた。足元から泥になって溶けていきそうで、ぎゅっとスカートの端を握りしめる。神様があたしを膝に乗せ、頭を撫で続けてくれていた。

娼婦がふと、何かに気づいたようにあたしの顔を見た。

「……あんた、もしかして、ヒラエスの娘かい」

その瞬間、神様が自然な仕草で娼婦の目の前に手を伸ばす。

袖口から白い蛇が顔を覗かせる。蛇と娼婦が目を合わせた瞬間、キィンと耳鳴りがした。

「……」

娼婦は目を回し、ばたりとベッドに倒れた。

「眠りにつかせた。今夜のことは、目を覚ましたら忘れている」

神様は、涙をこぼしたあたしを抱きしめる。

何か言いたかった。けれど唇が震えて、何も言えなかった。何も、考えられなかった。

「少し眠った方がいい……俺がちゃんと、傍にいるから」

ぷつり。意識が真っ暗になり――そのまま、あたしは神様の腕の中で夜を越えた。

――翌朝。

あたしの目の前に綺麗な顔があった。神様が目をしっかりと見開いてこちらを見ていた。

「う、うわあ!?」

「おはよう。よく寝ていて安心した」

神様は真顔でそういうと、当然の挨拶のように目元を舐める。昨日泣いてしまったことを思い出して、あたしは決まり悪くなる。涙なんて、父か神殿の神様の前でしか見せたことなかったのに――ああ、彼は神様だった、そういえば。

　あたしはやんわりと顔を押し除ける。

「や、やめてくれ。もう泣いてないから」

「目の腫れを癒やしていた」

「癒……？」

　ぺろ、と神様は舌を見せる。蛇神とは言うけれど、舌は人間と同じ形をしている。

「治すには舐めるのが一番早い」

「そ、そういうことね……？」

　納得したようなしないような気持ちで、あたしはされるがまま、顔を舐められる。まだ出会って数日というのに、腕の中に捉えられてこうして絡め取られていると、妙にしっくりときて甘えてしまう。まるで昔からずっと一緒にいるような馴染み方だ――確かにずっと、信者として甘えていたのは事実だけれど。

（ん？　治すには舐めるって……）

　引っかかることがあるような気がするけれど、気にしたらだめな気がするので忘れる。

「シャーレーン、他に痛いところはないか？」

「ち、近いよ、神様……もういいよ、ありがと」

　真っ黒な神様の瞳に、あたしの顔が映っている。それになんだか心が安らぐ気がした。

「……朝起きて、誰かにおはようって言われるのは父さんと暮らしていた頃以来だ」

「シャーレーン……」

「改めて言わせて。……おはよう、神様」

「うん。おはよう」

神様が薄く微笑んで、あたしの額に口付ける。ベッドには娼婦と、彼女に背を向けて、あたしを腕に抱いた神様が寝ている。娼婦はまだ目覚めない様子だった。

さて、これからどうしようか――そう思っていたそのとき。

神様が弾かれるようにベッドから下り、窓の外を見下ろす。

表情は険しい。視線の先を見れば、娼館の下に街に不釣り合いな甲冑姿が揃っていた。

「……聖女護衛騎士団の連中か……ッ!?」

「シャーレーンを傷つけた連中か」

穏やかな黒い瞳だった神様の瞳が、金に輝いている。

足元から、しゅるしゅると白いものが出てくる――蛇だ。

「やめろ、殺すな」

あたしの制止に、神様も蛇もぴたりと動きを止める。足元から生えてきた白蛇たちも、一様にこちらを金の双眸でじっと見る。

「なぜ止める」

本当に殺すつもりだったのだと、あたしは背筋が震えるのを感じた。

「人を殺すのはやめてくれ、なるべく。……あたしが気にしちまうんだ、頼むよ」

「シャーレーンがそう言うのなら」

不満げではあるものの、神様は大人しく蛇を引き下げる。

「だがシャーレーンに危害を加えたら、容赦しない」

「わかったよ、あんたに殺させないからさ」

「……」

「そんな顔するなよ、神様。あんたは邪神じゃなくてカミサマなんだろ」

あたしは身支度を済ませて一階まで下り、彼らが何をしているのか聞き耳をたてる。玄関ホールで、彼らは店主に詰め寄っている様子だった。

「ある女を捜している。中を検めさせろ」

「だ、だから同伴も連れずに一人で身売りに来るような娘がいたら、絶対覚えてますって」

「もう一度言う。隠しても無駄だ。中を検めさせろ」

「話を聞いてくださいよ。たかが娼婦一人のために、店やら命やら懸けるわけないでしょう」

「中を検めさせろ」

まるで聞く耳を持たない淡々とした聖女護衛騎士らと、うろたえる店主のやりとりに、あたしは聞き耳を立てながら考える。

彼らは、あたしが八歳の姿で神様といることは知らないらしい。

まあそりゃそうだ。神様が人間の姿に実体化できるなんて、大神官でさえ知らないはずだ。

彼らはシャーレーンを捜している。ということは、あたしが生きていると知っている?

あたしを殺した首謀者は、教会か？　もしくは、聖女護衛騎士団の独断か？

――しかし。急にあたしは引っかかるものを覚えた。

聖女寮で派手にあたしを殺したならば、聖女護衛騎士団が真っ先に疑われるのは明白だ。あんなところで殺す理由がない。殺したいなら追放した後、足の付かない連中に処分させた方が教会としては都合がいいはずだ。

――もしかして、殺しにきたのは、聖女護衛騎士団の姿をした別の勢力か？

今思えば、あの夜の状況は不自然だったように思う。元々底辺暮らしだったあたしは人の気配に敏感で、慣れた侍女だとしても、部屋に誰かが入ってきたらすぐに目が覚めていた。

あの夜は熟睡していて、剣を刺されてようやく覚醒した。おかしい。男が何人も部屋に入ってきたら、普段のあたしなら絶対目覚めているはずなのに。

――あれは人間だったのか？

――今捜しに来ている奴らは、本当に聖女護衛騎士なのか？

「中を検めさせないのならば……」

あたしが思考している間に、聖女護衛騎士がすらりと剣を抜く。危ない！

考えるのは後だ。今はとにかく、店主を何とかしてやらねえと。

「神様。あたし、ちょっと出てくるわ」

神様は黒々とした瞳を瞬かせる。

「なぜだ。危険だ」

「店主を殺させるわけには行かねえだろ」

「今のうちに逃げればいい」

「ばか。目覚めが悪いっつの！　あんたも神様だろ、少しは命を大事にしろ」

「では記憶をいじればいい」

「……それ系は最終手段にしとこうぜ。こいつらが教会に戻ったとき、話の整合性がつかないと怪しまれる」

「なぜシャーレーンは人の命を大切にする」

神様はまんじりともしない眼差しで、あたしを見据えた。

「あなたは死んでもいいと思われ続けてきたというのに」

「――ッ」

神様の瞳が金色になる。本能的な恐怖が背筋を走る。

あたしは強がるように目を眇めて笑いかけ、神様の腰あたりをぽんと叩いた。

「今はカッカするときじゃないぜ？　ダーリン。……まあ、うまくやるからさ」

あたしは神様の背中をぽんと叩くと、そろりと顔を出した。

あたしを見て、店主がウワッという顔をする。

「こ、このガキ、どこから入ってきやがったんだ⁉」

「あの……もしかしてわたしのことを捜してるんですか？　騎士のお兄さん……」

上目遣いで幼女の可愛さと媚を振りまいた怯え顔を作り、恐る恐るといった様子で、一歩一歩踏み出す。

　突然の幼女に毒気を抜かれ、困惑した顔で騎士は固まっている。

「ふえ……」

　あたしは涙をぽろりとこぼす。一度堰を切ったら後は楽勝だ。顔を覆い、肩を震わせて（でも声ははっきり聞き取りやすいように意識しながら）泣きじゃくってみせた。

「ごめんなさい。わたし、売りに出されたんだけど、借金取りさんがいなくなっちゃって……迷子になってたら、ここに……ごめんなさい。ごめんなさい。ぶたないで……」

　あたしは顔を覆って、しくしくと泣いた。支離滅裂でも理屈が通っていなくてもなんでもいい。はぐれた幼女が泣いているって事実さえあれば。

　騎士たちは顔を見合わせる。

「……捜索対象はいくつの女だったか」

「十八歳。金髪は該当しているが……巻き毛とは聞いていないし、年齢も合わない」

「ふええ」

「お前、名と年齢を名乗れ」

　片方の騎士が冷たく尋ねてくる。あたしはしゃくりあげながら答えた。

「シャルテ。年は八歳。多分……わからないの。……怒らないで……」

　シャルテの名は、あたしが筆頭聖女に就任してから人気になった名前の一つ。街中で呼ぼうものなら数人反応するような名前だ。もちろんシャーレーンだって山ほどいる。

あたしを前に、二人の騎士は無言でそのまま娼館を去っていった。

ほっと息を吐いた店主が、あたしを振り返って怒鳴る。

「お前が忍び込みやがったせいで、危なかったじゃねえか」

あたしにつかみかかる前に、間に神様が割って入る。

神様が店主を睨むと、彼はバタンと大きな音を立てて倒れた。

「……神様、ここを出よう。面倒が起こる前に」

娼館を出たあたしたちは、日中の歓楽街をあちこちと巡った。

流れ者の街は十年も経つと人は随分と入れ替わっている。そして事件が多過ぎて、一つ一つのことをろくに覚えちゃいない。父のことを聞いても答えられる人はごく僅かだった。

そして数少ない人々もみんな、父は死んだと一様に答え、口々に有ること無い事、噂話をあたしたちに教えてくれた。


――娘が貴族に見初められたものだから、父を捨てて家を出たらしい。

――あれは娘ではなく攫ってきた子で、取り返しに来た親に焼殺されたらしい。

――流れ者で怪しい薬を売っていたのがお上に見つかって、娘と一緒に殺されたらしい。


噂話のどこにも、あの優しくてぶっきらぼうな父の面影はなかった。

歩いていると、古物屋のショーウィンドウに並べられた鏡と目が合う。そこに映るあたしは幼い頃そのままで。

　隣を歩く神様が一瞬父に見えて——苦しくなって、あたしは駆け足で鏡から離れた。

「……シャルテ。少し休憩しよう」

　あたしの手を取り、神様が提案する。

　人目がある場所では、神様はあたしをシャルテと呼ぶことにしたらしい。

　神様と一緒にあたしは馬車の乗り場の近くにある、休憩所に入った。

　手狭な空間には下品な言葉と絵が描かれたチラシがあちこちに貼られ、ベンチの下には虫の死骸と煙草の吸い殻が転がっている。

「……膝、借りていいか？」

「ああ」

　子供の体で半日歩いて疲れている。ベンチに座った神様の隣に座り、膝を借りて目を閉じた。神様が頭を撫でてくれる。手のひらが冷たい。まるで体温がないようだ。

　どうでもいい話をして、気持ちを紛らわせたくなった。

「……神様、本来の姿は蛇だっけ」

「おおよそ、そうだ」

「だから冷たいのか。……でもたまにあたたかいときあるよな、なんで？」

「シャーレーンの体温が移っている。後は」

「後は？」

「魔力で。……人は温もりがあった方が、心が安らぐから。シャーレーンに触れる部分だけあたためている」

「そんなことして神様は変温なのに、しんどくないの？」

「別に。……シャーレーンが気持ちよさそうにしてくれると、嬉しい」

「……そか」

　神様のポツポツとした喋り方と声が、落ち込んだ体にひどく心地良い。

　空っぽになった体に染み渡っていくようだ。

「……ねえ、神様。このまま、聞いてほしいんだ」

　神様が頷いた気配がする。あたしは目を閉じ、心の中にしまっていた後悔を言葉にした。

「あたしの父さん、薬師って言ってただろ？　流れ者だからかこの国には普及していない薬を色色と作れて、本当に腕の良い薬師だったんだ。顔も良くてさ。ガラも悪かったけど……なんだかんだお人よしで、何かと頼りにされるような、自慢の父さんだった」

　父を尊敬していた。だからこそ子供の頃のあたしには解せないことがあった。

「でも父さんは普段、全力では仕事をせずに、いつも半分くらいの薬効の薬を売っていた。あたしはばかだったからさ。本気で作れば、お金持ちになれるじゃん、サボってるのか？　ってちょっとだけ不満だった。……でも、父さんはあえて質の低い薬を作っていた。自分のできる範囲で一番効果的に広く人々を助けてた。自分の身やあたしを守るために」

「……」

「気づかなかったんだ」

あたしの声は、小さく掠れていた。聖堂での沐浴でも打ち明けていなかった話だ。

──あまりにも、愚かなことをしてしまったから。

「あたし、余計なことしてたんだ。薬を買いにきた人に、こっそりおまじないをして癒やしてた。いいことをしてるって思い込んでな。………父さんも、あたしの癒やしに気づかなかった」

みんなが苦痛から楽になって笑顔になるのを見て、勝手に喜んでいた。

父は「こんなに効くもんだったか？」と不思議がって、配合を何度も調節していた。

それでも流れ者で、聖女異能の存在を知らない父は、あたしが聖女異能持ちだと気づかなかった。聖女異能は、土地神カヤの信仰圏にしか生まれないから。

「……そのせいであたしは、教会に捕まった。そして父さんは」

噂話の内容どれにも共通しているのは、随分昔に焼け死んだということ。時期はちょうど、あたしが教会に連れて行かれた時期と重なる。

「死ななくても、よかったのに」

その続きを言う前に、神様があたしを膝に乗せて、きつく抱きしめた。

「俺は神だ。俺が赦す。……幼いシャーレーンは、できることをやっただけだ」

「……神様が赦しても、あたしが自分を許せない。あたしのせいで……」

肩が震える。神様は優しく抱き寄せたまま、あたしに言う。

「許せないままでもいい……自分で自分を許すのは、難しい。その代わり俺はシャーレーンの後悔に寄り添う。……いつかあなたが罪悪感と折り合いをつけられるまで、ずっと傍にいる」

「折り合いをつけられる日なんて来ねえよ」

「来ないなら、……来なくても、一生傍にいる」

あたしの過ちを糾弾するでも、なかったことにするでもなく、神様はただ、あたしの後悔に寄り添ってくれた。

「……ありがとう、神様」

「もう少し眠るといい。シャーレーンは病み上がりの子供と同じ肉体なのだから。……肉体の疲れは魂を苛む。あなたには休息が必要だ」

「じゃあ……もう少しだけ、ここで眠っていいかな」

神様は背中を優しく叩いてくれる。その手つきが、父さんとよく似ていて——あたしは肉体の睡眠欲求には抗えず、そのまま眠りに落ちた。

「おやすみ、シャーレーン」

神様の声は、相変わらず心地よかった。


——夢の中で、あたしは両親と一緒に暮らしていた。

父は相変わらず薬を売り、ときには生活の改善を指導し、娼婦を働かせ過ぎるなと娼館の店主とやり合っていた。母は父を眺めながら、にこにことあたしの髪をいじっていた。

二人はあたしを見て、撫で、語りかけてきた。

「お前はよく考えて、お前ができる一番いいと思うことを選びなさい」

「シャーレーン。物事は目に見えることだけが本当のことじゃないわ。……神様があなたを見守ってくれていたように」

「失敗は次に活かせ。お前はまだ生きている。神様に愛されてんだ、まだ、やり直せる」

両親は夢の中で、あたしを変わらず愛してくれていた。

——目を覚ましても、夢の中の二人からもらったあたたかな気持ちは変わらなかった。


「おはよ、神様……今、どれくらい経った？」

「一時間くらいだ」

「そっか。……なあ神様」

「ん」

「……墓参りがちゃんとしたい。ついてきてくれないか」

あたしは店を出て墓のある教会へと向かった。

教会の表には騎士が来ていたので、彼らが去ってからそっと裏手から入る。

娼婦や流れ者ばかりの無縁墓地の中では、どれが父の墓なのかわからない。

「あー、やっぱり母さんの墓も退かされてるな。すぐに人が死ぬから、古い墓はどんどん詰められるんだ」

あたしは一通り墓石を確認したのち、黙って見守ってくれている神様を振り返った。

もう夕日が傾く時間帯で、墓地はあたしの瞳みたいなオレンジ色に染まっていた。棒立ちの黒衣の神様は、まるで一際大きな墓石の一つみたいだ。

「……ねえ、神様。あんたは人の心を操るのと人を殺すの、それ以外に何ができるの」

「なんでもできる。人が土地の魔力を借りてやることは全部」

「ってことは、聖女異能の癒やしも、魔術師の魔術も両方とも？　……すごいじゃん」

「何をしてほしい？　教会ごと破壊してほしいのなら」

「そんなことしたら、困る人がいるだろ」

あたしは首を横に振り、墓を見た。

「……花を咲かせてやってほしい。父さん、薬師らしく花が好きだったからさ」

「わかった」

神様が手でさっと空間を撫ぜると、橙色の花が風に舞う――金盞花だ。

あたしは跪く。そして指を組んで目を閉じ、祈った。

（どうか……父さん、ここにいたとしてもいなかったとしても……幸せに）

「ここに眠っているんじゃないのか？」

「祈りの言葉を読むなよ」

「神だから仕方ない」

「……まだ実際に目で見てないから、信じない。父さんがもういないって……信じなくても、いいんじゃないかって思って」

父の死は見ていない。だから信じない自由が、あたしの中だけにはある。

「父さんはどこか遠い土地に旅に出たんだ。……あたしの母さんと、この街で運命的に出会ったように」

そんなもの、自分のための嘘かもしれない。

あたしの中のもう一人のあたしが叫ぶ。『お前が迂闊だったから父は娘を失い、そして殺されたのだ』と。

それでもあたしは自分のために今日のところは言い聞かせる。悲しみに縛られて身動きを取れなくなるわけにはいかないから。

たっぷり時間を置いて、神様があたしに話しかけた。

「シャーレーン。日が落ちる。……どこかにまた泊まろう」

「そうだね」

あたしは神様と歓楽街を出た。紫色の夜が始まり、街は酒と女の匂いが漂い始めていた。

──歓楽街からマケイドの市街地に戻り、あたしたちは真っ当なホテルに宿泊した。

案の定、神様を前にするとフロントは言いなりに鍵を出し、最上級の部屋に泊めてくれる。

「ここまでの贅沢、ただで受けていいのかよ……」

「なに、すぐ慣れる」

「慣れたら人間として終わる気がするぜ。ってか、もっとランクの低い宿にできないのか？」

「……しようと思ったらできるかもしれないが、うまく加減ができない」

「何の加減だよ」

「こう……神の……力」

手をわきわきしながら答える神様。ダーリンはどうも、説明が大雑把なところがある。

とにかく、今日は神様の力に甘えることにするしかない――どうかこの宿泊費分の祝福がしっかりホテルに入るように祈りながら。

「すっかり体も汚れちまった。汗流すか」

バスルームを開くと、街に湧き出る霊泉から引かれた湯がすでに張られていた。薔薇の花まで浮かべられていて、むせかえるような花の匂いにうっと眩暈を覚える。

「……贅沢が過ぎる……」

呟いて、あたしはドレスの襟のリボンを引き抜き、結った髪のリボンをほどく。

後ろに神様がついてきた気配がして、あたしは服を脱ぐ手を止めた。

「神様、風呂入るから出てくれよ」

「なぜ」

「なぜ、って……うわ――――!!!!」

振り返ったあたしは可愛げのない悲鳴をあげた。神様がいつの間にか全裸で突っ立っていたからだ。細身でありながら均整の取れた体は綺麗で、足も驚くほど長くて、まさに神の肉体といった様相だけれど。だからってそういう問題じゃない。

「裸はやめて！　見、……見せるなッッ！」

「蛇のときは全裸だったが」

「それとこれとは違うッ‼　こっちの受け取り方が！」

「シャーレーンも早く脱いでほしい。服が濡れる」

「ぎゃっ⁉　ぬ、脱がせようとすんな、ばかっ！！！」

　手を振り払うと、神様は傷ついた顔をしてくる。

「……俺は夫なのに？　これまでも一緒に沐浴していたのに」

「う」

　じっとりとした瞳で、こちらを見る神様。この目で見られるのにあたしは弱い。

「ま、前は神様、姿を見せなかっただろ！　見えない神様の前で全裸になるのは別だよ！　つ、つーかこんな風に本当に神様がいるなら脱がなかったし……」

「……」

「ごめんちょっと強く言い過ぎた、その、……その顔やめて怖い」

　すったもんだの末、あたしが一旦体を洗った後、タオルで体を包んだ状態で、さらに泡風呂で体が見えないようにして入った。一緒に沐浴をする仲だったのにどうして今更分かれて入る？　と、あまりにしつこく壁に追い詰めてきたから、仕方なく、だ。

「落ち着かない……」

「俺は嬉しい。こうして一緒にまた霊泉を共にしたかったから」

「そ、そう……」

広い浴槽だから肌が触れ合わなくて助かる。

足を伸ばして天井を見上げ、あたしはふう、と肩の力を抜く。

この国は神様の加護として、国のあちこちからあたたかな霊泉が湧き出ている。教会の聖堂から湧き出る霊泉は、全ての霊泉の大元と言われている（道中で神様に確認をとったけれど、この教義は正しいようだ）。初代筆頭聖女と神様が契約したことで、国は他国の脅威から守られ、霊泉が溢れる豊かな土地となっているらしい。

「なぜそんなに離れる？」

「そりゃ、妻とは言っても、子供の体であんたにくっつくわけにはいかないだろ」

「気にしないが」

「こっちが気にすんだよ‼」

叫んだところで、あたしはふと思い出す。

「そういや、この体について聞いてなかったな。あたしはこれからどうなるんだ？」

「これから、とは？」

「見た目の年から、また一年ずつ年齢を重ねることになるのか？　それともパッと元の年齢の姿に戻る方法ってあるのか？」

「…………それは…………」

あたしの質問に、神様は少し考える間をあけて答えた。

「戻ると言えば戻るし……戻らないと言えば、戻らない」

「どういうことだよ」

神様は珍しく、重く口を閉ざす。隠しているというよりも、どう説明すれば良いのか、と思いあぐねている感じだった。再び考え込んだのち、神様はあたしを見て尋ねた。

「……シャーレーンは、本当に思い出さないのか？」

「え」

あたしの反応に表情をほんの少し翳らせると、神様は湯に目を落として話を続ける。

「……戻る方法はある。聖堂の霊泉の吹き出し口に刺さった初代筆頭聖女の聖遺物をシャーレーンが引き継ぎ、魔力を発動すれば戻る。しなかった場合は、年齢を重ねるしかない」

「そうか」

「今のところでは……そうとしか言えない」

神様はそれきり目を逸らして黙り込んでしまった。

あたしはその横顔を見ながら思う。神様は、あたしに出会ったときから時々、妙に寂しい眼差しを向けてくる。なんでも率直に口に出す神様なのに、隠しているのが妙だと思う。

沈黙が続く。あたしは、神様の顔を覗き込んだ。

「……ねえ、神様。あんたあたしに隠し事あるだろ？」

「…………」

「黙ってるのが答えだな」

目を逸らす神様に、あたしは思わず笑ってしまう。

「さすがだな、『夫は嘘をつかない』を守り通してくれて」

湯に顔を半分沈めた神様にあたしは言った。

「いいよ、言いたくないことは今は言わなくて。……言いたい時期が来たら教えてよ」

「シャーレーン……」

「……神様があたしに不都合なことを隠すなんて、思えないからさ。信じてるよ。あたしのダンナサマをね」

「シャーレーンはずるい」

「何がだよ」

神様の耳が赤い気がする。変温だから湯のせいだろうか。神様が湯に半分沈んだまま、半眼でじっとあたしを睨むような目で見た。

「俺は人間の理はわかっている。シャーレーンが嫌がることはしたくないと思っている」

「はあ」

「今の姿のシャーレーンは、性交渉を愛情表現として欲しているわけではないのだろう?」

「ッ！？！？！？！？！　ゴホッ、ごほごほゴホッ‼」

「シャーレーン、泡を吸い込むとむせる」

「だ、抱き上げるなぁ……‼」

大きな浴槽で溺死しかけたあたしを掬い上げた神様は、あろうことかあたしを膝の上に座らせ

た。もうだめだ。八歳の子供と成人男性。社会的に何もかも終わっている。あたしの貞節も終わった。

「いきなり何言い出すんだよ」

神様は至極真剣な顔で言う。

「夫婦の営みとして知識はある。愛情を示すには率直でわかりやすい手段だと思っているが、今のシャーレーンは俺との接触を嫌がる場合の方が多いから」

「あ、た、り、ま、え、だろッ！　あたしの体、今いくつだと思ってんだ！」

「……すまない。俺にとってはシャーレーンがどんな姿だろうが、同じシャーレーンだから……。ただシャーレーンにとって肉体の年齢が重要な意味を持つということは理解した」

「もーやだ、神様の嫁、疲れる……」

両手で顔を覆い呟くあたしに、神様はじとっとした顔で不平を言う。

「俺以外の男の妻になる気か？」

「ならねえよ、言葉のあやだよ。でも頼む、今のこの体でだけは、そういうの絶対やめて」

「わかっている、俺はあくまで愛情を示したいだけだから」

「んじゃ、とりあえず風呂を上がらせてくれないかな、ダーリン。あたしはもう限界だ」

逃げるように風呂を出て、あたしは体を拭く。

ふう、と息を吐いたところで、音もなくまた隣に神様がいた。

「風邪をひく、髪を乾かすのを手伝う」

神様が髪を手櫛で梳くと、濡れ髪がすぐにふわふわのさらさらに乾く。

「あッ、あッ、ありがたいけど、……服着るまで待ってろよ」

「なぜ？　シャーレーンの体はいつも見ている。全て知っている」

「その言い方！　ええと……あんたにまず何から説明すりゃいいのかな……」

あたしは羞恥心を通り越して途方に暮れた気分だった。人あらざる神様に人間の羞恥心を理解してもらう方法なんて、教義にも書いていなければ筆頭聖女教育にも書いてない。どうしようもない。

――まいっか。神様だし相手は。あたしの夫だし。うん。やむなし。

――そして、神様と一緒に（分かれて寝ると言ったらいつもの顔になったので、もう抵抗はやめた）ベッドで寝た翌日。

あたしと神様は今後について話し合うことにしたのだけれど。

「だからって外でパフェを食う必要はあるか？」

あたしたちがいるのはマケイドの市街地、ホテルからほど近くのカフェテラスだった。午前中から成人男性と幼女で二人、カフェテラスでデートとはよいご身分だ。

あたしは向かいに座った神様にひそひそと訴える。

「会話だって聞かれたらどうなるか」

「遮蔽魔術《シークレタ》を使っているから問題ない」

「……それ、禁術だった気がするけど」

「問題ない。神は何も禁止されていない」

「まあ確かに」

それに、と神様は付け加える。

「ぱふぇを食べる必要もある。シャーレーンは楽しいことをたくさんするべきだ」

神様はあたしの前に置かれた、高さ二十五センチはありそうな堂々たるパフェを見やる。

「シャーレーンは朝食で甘いものを食べて嬉しそうにしていた。だからもっと、美味しいものを開拓するべきだと思う」

「確かに……あまりスイーツを食べたことはないけどさ……」

スプーン片手にパフェを見て、あたしはごくりと喉をならす。

悪魔的なほどに赤く丸い大きな苺がたっぷり載って、白とピンクのクリームとアイスがたくさん盛り付けられた贅沢な逸品だ。目の毒極まりない。

「で、でもよくないんじゃないのかな……タダなんだろ？　これ」

「問題ない。ほら、俺の加護の副作用でさっそく客が増えている」

神様の指さす先を見ると、あたしのテーブルのパフェを見た人々がすでに目をきらきらさせて入店を始めている。御利益、早過ぎんだろ。

「そ、そうだとしてもさあ」

「溶ける方がもったいない」

「そりゃそうだな……うーん、ごめん！　いただきます！」

覚悟を決め、あたしは長いスプーンで掬って食べる。冷たさと甘さが交互に溢れてくる。甘い。冷たい。美味しい。甘い。美味しい。

思考も罪悪感も、生クリームと一緒に溶けていく。もうだめだ。抗えない。

「さいこう……」

教会では衣食住には恵まれていたけれど、聖女らしい質素な食事だけしか口にできなかった。甘いもの食べたら太るとか、聖女が甘味にうつつをぬかすのはよろしくないとか言われてきた。だから食べたいと思ったことすらなかった。知らなきゃよかった。美味しい。

「うまいか、シャーレーン」

「ああ。はー……あまい……おいしい……神様も食べる？」

「俺はいい。シャーレーンの笑顔が幸せだから」

神様は頬杖をついて、あたしを満足げに眺めている。

大粒の苺と生クリームを絡めて食べると甘酸っぱさで口の中が甘く痺れる。そこにアイスクリーム部分を投入すると冷たいすっきり感と甘さが絶妙なバランスで染み渡っていく。ささやかに入ったスポンジケーキの角切りで甘味の小休止をして、そしてまた苺生クリームアイスクリームのドラマティックな味覚を堪能する。息をつく間もない。美味しさで目の前に星がちかちか飛ぶようだ。

夢中になって食べるあたしを、通りすがりの人々が微笑ましそうに眺めていく。みなさんどうか美味しいので食べてってくださいと、あたしは心で念じて罪悪感を振り払った。

食後のココアまで甘ったるくて最高だ。チョコを絡めた苺までついてるし。

あたしが両手でカップを持ってふーふーしていると、神様が話を切り出した。

「シャーレーン。今後の話についてだが」

あたしはハッと我に返り、咳払いをして唇の端を舐め取る。

そうだ。ここであたしたちは今後について話すつもりだったのだ。

「ええと……まず、聖女として教会に戻るのはもってのほかだよな。国外に出るのは論外。神様がこの国の土地神である限り、国からは出られないからな」

神様が目の前で頷く。

「かといって無銭飲食ホテル暮らしもあたしが気になるし……」

「気にしなくていいと思うが。ほら、パフェ完売の札が」

「うわあ、大盛況」

「……それにさ、神様」

それはそれとしてもやはり気になる。

あたしは真面目なトーンで続けた。

「今後の、教会がどうなるのかも心配なんだ」

「勝手に聖女にされていたのに？」

「そうだとしても、半端な状態で仕事を放り投げざるを得なかったのは事実だ。何より後続のルルミヤがまともに筆頭聖女をできるとは思えない」

　ルルミヤは野心と実家の後ろ盾だけは強いものの、聖女としてのやる気は皆無だ。いじめや暴言、利己的な行動により何度も聖女寮で問題を起こしていた。それでも次期筆頭聖女になれるだけの権力を有しているだけに余計怖い。

「それに……あたしを殺そうとした連中のこともある」

　カップを持つ手に力が入る。神様が宥めるように、手を重ねてくれた。

「そのことだが。……あの聖女護衛騎士たちは、国内で生まれた人間の匂いがしなかった」

「どういうことだ？」

「国内で生まれた魂は俺が感知できる。みすみすシャーレーンを加害させるわけがない」

「そ、そうだよな……。でもそれも変な話だ。聖女護衛騎士団は厳しい試験に合格した健全な王侯貴族令息が就く職業だ。国外の人間が聖女護衛騎士になれるわけがない」

「シャーレーン。気になることがある。俺は彼らを殺したんだが」

「はっきり言うなよ」

　ゾッとするあたしの隣で、神様が手のひらを見つめながら呟く。

「人間の命の感覚がしなかった。彼らの魂はもしかして、すでに」

「え」

「……そして中に入っていたのは……」

「入っていたのは？」

神様は言葉を切り、そして首を横に振った。

「すまない。まだ特定できない。だが人あらざる何かが入っていた、元の彼らの魂が殺され、体が傀儡にされていたのは間違いないだろう」

神様は珍しく、険しい顔をして黙り込む。神様にもわからないのなら、ただの派手な暗殺とは話が別だ。

「もしかして、あたしを捜しに来ていた聖女護衛騎士たちも……」

神様は頷いた。

「おそらく。殺して確かめていないから確信は持てないが」

「いや殺すなよ」

あたしは突っ込みを入れたのち、神様に提案した。

「神様。しばらく街に潜伏してのんびりしながら情報を集めよう。……誰が狙ってきたのかわかんないと、あたしも落ち着かねえし、今後の身の振り方としてはありだと思う」

「……すまない。すぐに解決できなくて」

「話はシンプルにいかねえもんさ。その代わりわかることがあればちゃんとあたしにも共有してくれ。悩むなら一緒だ」

「ああ。妻には余計な隠し立てはしない」

神様はあたしの手を取ると、漆黒の瞳でこちらを真剣に見つめながら言った。

「……シャーレーンには、もう指一本触れさせない。俺が必ず守る」

そんなあたしたちの耳に、男性のがっかりした声が響いた。

「ええ、今日のパフェは終わり？　そっか～」

三十歳手前くらいの身なりのいい紳士が、看板の前で語っていた。赤銅色の髪を撫でつけ、ストライプの瀟洒なスーツを纏った紳士。

彼はあたしたちの視線に気づいて、愛想良く帽子をあげて笑いかけてきた。随分な色男だ。

――どこかで聞き覚えがある声だ。教会関係者か？

身構えたあたしに、彼は「ああ、気にしないで」と肩をすくめた。

「君が美味しそうに食べてたから、うちの奥さんと娘を連れて来ようと思ったんだよ。いやあ、君はよい広告塔になれるよ、あはは」

「えへへ～」

あたしはシャルテちゃんの笑顔でやり過ごす。隣で神様が睨みをきかせているような気がするけれど、愛想良くするのは大切だ。

「二人とも見かけない顔だけど、もしかして旅人かい？　いやあ、マケイドは流しの人間が多いけれど、俺は一度見た顔は忘れないタイプでね」

あたしはようやく彼のことを思い出した。磨りガラスごしにしか会っていないけれど、この声には聞き覚えがある。慈善活動のとき、何度も話したことがある。

「もしかして――お兄さん、商会長のロバートソンさん？」

あたしの問いかけに、色男はぱっと顔を明るくする。

「へえ、お嬢ちゃん俺のことがわかるんだ？　そうだよ、俺はロバートソンだよ」

神様とあたしに気さくに握手をしてくる彼は、内ポケットから名刺を神様に渡してくれた。活版印刷で印字された高級紙には、アラスター・ロバートソンの名が書かれている。

「マケイドにようこそ、何か困ったことがあれば俺のところにおいで」

立ち去っていく彼に笑顔で手を振りながら、あたしはひらめいた。

この街で、どうやってしばらく過ごしていくのかを。

第二章　人生満喫シャーレーン

——そんなこんなで、墓参りから一ヶ月。

あたしと神様はマケイドにて、しばらく流しの占い師として店を構えることにした。マケイドは鉱山も近く陸路と海路に通じた賑やかな港街。流れ者や新参でも柔軟に受け入れてくれる土地で、商工会が出してくれる営業許可証さえあれば誰でも露店を開ける。

あたしたちが許可を得たのは、マケイドの市街地、その中心部を中洲にして左右に流れる運河沿いに開かれた露店街の一角だった。

営業許可証はどうしたかって？　それはまあ……多少は神様の例の力を頼って、ね。

空が白むと同時に宿を出て、運河沿いに借りていた出店へと向かう。運河沿いは行商人用のための営業区画が作られていて、神様とあたしはその隅っこに出店許可をもらっていた。これから昨晩畳んでいた出店のテントを組み立て掃除して準備をして、行商人仲間と雑談しながら連絡事項の共有を済ませなければならない。開店時間まではなかなかに忙しい。表向き、占い師役は神様、あたしは雑用担当だ。

「あの……よろしいですか？」

黒いローブを被った神様が骨董市で手に入れたガラス玉を前に座っていると、客がふらりと引き寄せられてやってくる。今日は若い女だ。

あたしは代金を受け取ると裏に下がり、神様の前で身の上話を吐露する客の話を聞く。そして神様に念じて、あたしの言葉を一言一句その通りに言ってもらうのだ。

「『辛かっただろう。あなたの努力を見てくれている人が必ずいる。いずれ夏が過ぎれば悩みも解決に向かうだろう』」

最後にニコ……と笑顔を添える。練習してもらった美しい必殺の微笑だ。客は耳まで真っ赤になり、そして涙をはらはらとこぼす。

「私、頑張ります……！　ありがとうございます！」

成功したらしい。客はあたしが淹れた薬草茶《ハーブティ》を飲むと、チップまで握らせ上機嫌に店を後にした。シャルテちゃんの営業スマイルで見送って、あたしはふう、と息を吐く。

「……聖女辞めても懺悔室の傾聴が役に立つとは思わなかったな」

相手を真面目に分析すれば、納得してもらえる鑑定結果はある程度は導き出せる。正しい占いじゃなくとも——お客の元気が出て、前向きになってもらうのが一番だ。実際評判は良くて、毎日お金に苦労しない程度には回転率もリピート率も高い。あたしがおまけで売っている薬草茶のブレンドもそれなりに収益を上げているので、それも嬉しい。父から教えてもらっていた薬草の知識に助けられている。

「シャーレーン」

「ん？」

神様があたしにニコ……と作り笑顔で微笑んでねだる。

「俺もシャーレーンの茶が飲みたい」

「そんなよそ行きの笑顔作らなくても淹れるよ。……って、飲めるの？」

「シャーレーンが入れてくれるものなら、なんでも」

「お、おう……」

あたしが茶葉を出そうとしたそのとき、名札をぶら下げた古着屋のおじさんがやってきた。

「カインズさん、定期巡回の時間だぜ」

間借りしている行商人は持ち回りで運河沿いの清掃と巡回の義務がある。神様は人の姿のときは「カインズ」と名乗っていた。身分証を申請したとき、たまたま記入例に書いてあった名前をそのまま使うことにしたらしい。――適当だな、おい。

神様は行ってくる、とあたしの頭を撫でて名残惜しそうにする。

「すまない。行ってくる」

「おう、気をつけろよ」

おじさんたちは神様を可愛がってくれているようで、あたしは安心して神様を見送る。

「お茶、余っちゃったな」

ポットの中で出来上がったお茶を眺めて呟く。すると後ろから明るい声がかけられた。

「美味しそうなお茶の匂いがするね。俺も一口いいかい？」

「あっロバートソンさん。お疲れ様です！」

「魔術で沸騰させているのかい？　上手だね」

「え、えへへ……夫が生活魔術上手なんです」

――本当は神様の権能で沸かしてもらってるんだけどな。ちょっとした湯を沸かす程度の生活魔術は庶民でもできる人は多いから、不審には思われないだろう。

あたしは椅子を用意してお茶を出す。

花柄の小さなカップを傾け、商会長は満足げな顔をする。

「薬草茶に慣れた淹れ方だね？　苦味を出さずにこの香りを出せる子がいるとはね」

「えへへ、これは昔、お薬屋さんに教えてもらったんです～」

あたしは笑ってごまかす。見た目が変わっているしバレないとはわかっていても、こうしてじっと顔を見られると冷や汗が出る。商会長はもったいなさそうに言う。

「お茶屋さんで営業もできそうなのに」

「仕入れで在庫を置いときたくないんですよね……って、夫が。ふふふ」

「夫、ねえ。……随分歳が離れてるよね？」

「えへへ、村で許嫁だったので……」

「シャルテちゃん、大人っぽい喋り方するねって言われない？」

「そ、そうかな～」

「興味深いなあ、シャルテちゃんは……」

じっと見つめられ、あたしはたじたじになる。

「シャルテちゃん、親戚に聖女いたりしない？　声が似ている人を知ってるんだけど」

「し、知らな～い」

声変わりのない女の身を呪いたい。あたしは可愛らしい声音で肩をすくめた。

「……俺がね、時々世話になっていた人によく似ているんだ、シャルテちゃんの声」

「そ、そうなんですね～」

「最初に会ったとき、シャルテちゃんパフェ食べてたでしょ？　あのときもどこかで聞き覚えのある声だな～って思ったんだよね」

「へ、へえー……」

磨りガラス越しにしか会ったことないし、そもそもシャーレーン時代と今ではキャラが全然違う。バレないとはわかっていても、あたしは生きた心地がしない。

あたしの動揺に権能で気づいたのか、意外なほど早く神様が戻ってきた。

「ただいま」

「おかえりなさい！　お疲れ様！　あっ、あのね、ロバートソンさんがご用事だって」

あたしはにこにこと大げさに帰還を喜び、神様の袖を引いて商会長を示す。

「いいよ、俺はシャルテちゃんと話したかっただけだから」

余計な一言を残すと、商会長は軽く帽子をあげて立ち上がった。

「ごちそうさま、シャルテちゃん。では旦那も良い一日を」

愛想良くウインクを残して去っていく商会長を、神様はじっとりとした眼差しで見送る。

笑顔で見送ったのち、あたしは神様を店に押し込んだ。

「おい、睨むなよ。商会長サマだぞ」

神様は据わった目で空のカップを見下ろす。

「……俺の茶を飲んだ。シャーレーンが俺のために淹れてくれたのに」

「また淹れるから。なっ？」

「む……」

神様は不服そうにしながらもあたしを抱きしめ、ぐりぐりとマーキングするようにあたしの頭に頬擦りをする。

「…………あなたは俺の妻だ……」

「ちゃんとロバートソン商会長もわかってるって。心配かけないように気をつけるから。なっ？」

神様は不承不承そうに頷く。ようやく解放されたあたしは、たっぷり時間をかけてお茶を淹れてご機嫌をとることにした。

商会長はうちの店以外にも頻繁に顔を出している。外部の行商人を積極的に街に迎え入れている代わりに己の足で治安維持に努めることで、マケイド在住の商人たちの不安や不満を抑えているのだろう。

「そうはわかっててても心臓に悪いよ」

シャーレーン《もとのあたし》時代に面識がない人ならともかく。

そう思いながら、あたしは神様に隠れて溜息をついた。

◇◇◇

そんな日々を過ごして数週間ほど。

ある日の昼下がり、今日もロバートソン商会長が神様のいない間を縫ってやってきた。

「また夫がいないときですかぁ？　狙ってます？」

冗談めかして言うと商会長は苦笑いする。

「大丈夫、今日は旦那さんに先に許可もらったよ。奥様に愚痴ってきていい？　って」

「そこまでして、わたしに愚痴ですか」

「うん。……シャルテちゃんの声、尊敬していた人に似てるからさ、なんか落ち着くんだ」

もしかしなくてもそれ、シャーレーン・ヒラエス……いいや、自意識過剰だ。

許可を取ったのは本当のようで、足元にちょろちょろと監視の白蛇が這ってきた。

そこまでされると無下にはできない。あたしは薬草茶を淹れて商会長に尋ねた。

「……ロバートソンさん、少し疲れてます？」

「ふふ、シャルテちゃんはやっぱり……人をよく見ているね」

力なく微笑むと、商会長は仕立ての良いジャケットの裏から煙草を取り出し火をつける。薄く紫煙を吐く姿は珍しい。彼はこの街の喫煙者にしては珍しく、子供《あたし》の前では吸わない人だったから。

「シャルテちゃん。君はこの街にきてひと月だっけ？」

「そうですね」

「シャルテちゃんも気づいてる？　この街、ちょっと雰囲気悪くなったんだよね」

なんと答えようか――あたしは逡巡の末、素直に頷いて返した。

「……そうですね。実はちょっと思ってました。みんな……しんどそうだなって」

「教会のやり方が変わったからね」

――教会。その単語にどきりとする。商会長は続けた。

「最近また、無料聖女派遣活動を再開し始めた影響でね……」

「えっ……あ、あれが再開されたんですか⁉」

あたしは八歳児《シャルテ》であることを忘れ、身を乗り出す。

「そっか。シャルテちゃんも知っているか、あれの危険性を」

煙と共に吐き出されたのは最悪の――ルルミヤ・ホースウッドの方針転換だった。

「シャルテちゃんがどのくらい知っているのかわからないから、一から説明するけど――」

シャルテが無知な子供という前提で、彼は問題を噛み砕いて説明してくれた。

「無料聖女派遣活動はね、場所代と滞在費と諸経費さえ出せば、聖女たちが無料で市井の人々を癒やしてくれる奉仕活動の一つだ。それだけだと良い取り組みのように聞こえるけれど……残念ながら違うんだよね」

場所代と滞在費と諸経費を出すのは権力者。彼らは無料聖女派遣活動そのものはもちろん、教会関係者のもたらす経済効果を目的に献金を積んで我先に聖女の派遣を求める。

善意の派遣依頼もある。しかし、大金を貢いで聖女を呼び寄せる者はたいてい旨みを狙っている。そういう連中に対して、教会も希望する献金額を吊り上げる。

本当に困っている人々に治療は行き届かず、また聖女も酷使され疲弊し、体を壊す。無料聖女派遣活動は、そのような政治腐敗の温床だった。

「無料とはいっても、本当に無料かどうかは主催次第。平等に治療を受けられるかどうかも、ね。それに劣悪な労働環境に置かれた労働者が、雇用主が呼び寄せた聖女の治療によって過労ループにはめられることも、残念ながら多い」

「体を壊すまで働かせて、瀕死になったところで治療させるんですね……」

「そう。まさに生かさず殺さず、逃さず」

ルルミヤはそんな、無料聖女派遣活動を再開したのだ。権力者へのご機嫌取りだろう。

「でも、まだマケイドでは始まってませんよね？」

「それが……市境に位置するノーザモン炭鉱ではすでに実施されてるんだ。だから影響がこの街にもね。……あっちでは、すでに労働者の過労が引き金になった事故が起きてるし」

商会長はお茶に目を落とす。あたしは筆頭聖女時代のことを思い出した。

彼は『労働環境を整えることこそ、地域全体の経済活動をより良くする』と考えている人だ。

だから筆頭聖女時代のあたしも、彼に慈善活動の改善について協力してもらっていた。

「聖女の皆さんも大変そうですよね」

「うん。先日の会合でたまたま治療会の日程を聞いたけど、かなり詰め込んでいるようだったよ。聖女たちも随分無理をさせられてるんじゃないかな」

露店の周りの人の流れが変わってくる。見回りが終わったようだ。

商会長はお茶を飲み干すと立ち上がった。

「お茶ありがとうね」

「いえ。……お茶を出すことくらいしか、できなくて」

「何言ってるんだい。君は俺の愚痴を聞いてくれたじゃないか。ありがとう」

感謝の言葉を受けて、感じたのは罪悪感だった。

——あたしが筆頭聖女を続けていられれば、起きない問題だったのに。

「……あの、ロバートソンさん」

「ん？」

「シャーレーン様のこと……やっぱり、怒ってますか？」

「……いきなりどうしたの？」

真面目な目で見つめられ、あたしは言うのを一瞬躊躇する。

それでも、訊ねずにはいられなかった。

「シャーレーン様は……教会と各地の偉い人がこれまで作ってきた関係を引っかき回して……半端なところで、異世界にいきなり帰っちゃって。迷惑だったんじゃありませんか」

あたしの言葉に「ふむ」と言うと、商会長は顎を撫でる。

「まあ、正直……彼女がいなくなって大変ではあるけどね。でも彼女を恨むのはお門違いにもほどがある。本来は俺らマケイドの人間が解決するべきことに、シャーレーン様がお知恵とお力を貸してくださっていただけなんだ。彼女は無責任な人じゃなかったからね。俺たちを信頼して、異世界にお戻りになったんだ」

遠い目をして語ったところで、商会長はおどけるように肩をすくめてみせた。

「……でもまあ、この現状を見たら、怒られちゃうかな？」

「そ、そんなことないですよ！　だってロバートソンさん、がんばってるし……むしろ申しわけなく……思っちゃってたりするかも……？　えへへ、シャルテの想像だけど……」

シャーレーンとして訴えかけてしまったことに気づき、急いで言葉を付け足す。

商会長も頷いた。

「うん。実は俺もそう考えてたんだよ。彼女が異世界にお帰りになったのも、不本意なのかもしれないってね。……だから面影を求めちゃうのかな、シャルテちゃんに。やっぱり俺としては、シャーレーン様に感謝してるし、いてくださった時代を大切にして今後に繋げていきたいよね。理想を言えば」

「ロバートソンさん……」

――あたしがシャーレーンだ。迷惑をかけて悪かった。

今にも口をついて出そうになる。打ち明けて謝罪したい。今からでも責任をとって、できることをしたいと訴えたい。

けれど……様々な思惑が絡んでいる状況に、商会長を巻き込めない。

あたしはせめてもの思いを込めて、商会長に向けて祈った。

「シャーレーン様の代わりに、わたしがいっぱいお祈りしますね。……ロバートソンさんも、みんなも、幸せになりますように、うまくいきますようにって」

「君は本当にシャーレーン様に似ているな。……十年早かったら、恋に落ちてたよ」

商会長は笑みをこぼし、大きな手のひらでくしゃりと髪を撫でてくれた。

「旦那さんによろしく言っといてくれ」

そう言い残して、片手をあげて去っていく商会長。

その背中をしばらく見送っていると、上からぬっと神様の顔が逆さで降ってきた。

「ぎゃッ!?」

「……後ろに立っていたのに」

「おかえり、おかえりダーリン。あ——ッびっくりした」

神様はむくれた顔をして、あたしを背後からきつく抱きしめる。そして商会長に撫でられた頭頂部にぐりぐりと頬擦りする。

「あの男の匂いがする」

「ご、ごめん撫でられて……それは迂闊だった」

「撫でられた事実だけじゃなく、撫でられてもシャーレーンが気にしてないのが不満だ」

「しゃあねえだろ、いちいち手を振り払えるかよ、こっちはガキなんだぞ。気をつけるから、な？　機嫌直せよ」

「………シャーレーンは俺の妻だ。俺が匂いを付け直す」

「おいおい……まあ、それで納得するならいいけどさ」

　あたしはただ、されるがままになるしかなかった。


　夜になり、いつもの宿に戻る。

　公衆霊泉で身を清めてきたあたしが戻ると、神様は窓辺に座ってじっとしていた。

「神様は霊泉は浴びなくていいの？　毎晩聖堂で沐浴してただろ」

「いい。あれは人間が決めた儀礼だ」

「臭いだろ」

「臭くない。……ほら、嗅いでみるといい」

「ほんとかあ～？」

　神様の腕の中に収まり、黒い服の胸元で息をする。一日中外で働いていたにもかかわらず、汚れっぽさが一切ない。黒髪はいつも湯上がりのようにさらさらだし、人特有の匂いすらない。

　神様が髪に指を通すと、濡れた髪がふわふわと乾いていく。便利だ。

「……ほんとに匂いしないんだな、神様」

　ムキになってくんくんと嗅ぎ回っていると、神様がじっと見ているのに気づいた。

「どうした？」

「シャーレーンからもう男の匂いはしないから、よかったと思っていた」

「ほんっと、神様は嫉妬深いなあ」

窓の外は夕暮れ。

手際よく片付ける昼の商人たちと、これからが稼ぎどきの夜の住民たちが入れ替わる時間帯だ。人々は賑やかだ。けれど彼らの生活は確実に、じわりじわりと崩れ始めている。寂しさが胸を刺した。

「……あたしは、もう何もできないんだな」

自由に生きられてそれなりに幸せだ。

父は失ってしまったし、帰る故郷もない。

筆頭聖女の責任も何もない。

だからのびのびと神様の妻として過ごせばいいのに。

――なぜだろう、責任逃れしているような、この居心地の悪さは。

「そういや神様、あんたは自由にしていていいのかよ」

「どういう意味だ？」

「だから……初代筆頭聖女との契約で聖堂にいたんだろう？　聖堂から離れてしまえば国の守護はどうなるんだ？」

言いながら、なぜかあたしはちょっとモヤっとした気持ちになっていた。

（神様はあたしの交友関係全てに嫉妬するのに、自分には大切なひとが他にいるんじゃないか）

あたしは首を横に振って、嫌な気持ちを振り払う。今は余計なことを考えて話をこじれさせている場合ではない。

目の前の神様は、気まずそうな顔をして視線を彷徨わせていた。

「……おい、神様？」

ん？　と思う。珍しい反応だった。

「……神様、おい。もしかして……問題……あったりするのか？」

部屋の沈黙に反して、外の喧騒がひどくなってくる。取り込み中だからと無視しようと思ったが、宿の下まで野太い怒号が響いてくるとさすがに無理だ。

「何が起きてんだ」

窓から外を覗いて、あたしは反射的にカーテンを閉める。

「……聖女護衛騎士団だ」

神様の目が金に光る。あたしを捜しているのかと危ぶんだが、彼らは宿の前を素通りして行った。ざわざわと人々の噂話が聞こえる。

「炭鉱の治療所から逃げ出した神官がうろついてるってさ」

「見たよ。ボロボロで……かわいそうにね」

「……逃亡神官だ」

あたしは神様を見た。

「神様、神官を助けたい」

「……男か」

「ンなこと言ってる場合じゃねえだろ。逃亡するような神官なら、あたしたちがほしい情報を持っているはずだ。……あたしを暗殺した奴の情報も掴めるかも」

「そういうことなら」

「……でもどうしようか。あたしはこの通りガキだし、聖女異能しか使えない」

「俺がいる。追っ手を殺そう」

神様が蛇を袖から出すので、黙って袖の中に押し込める。

「手伝ってくれるのは感謝するがダーリン、物騒なもんはちょっとないないしようぜ」

「一番早いのに」

「急がば回れってことさ。死体を増やすのは得策じゃねえ。ええとまず、神様ができることを確認したい。……神様は『この国の魂なら感知できて』、人間が神様の加護を得て行使する『聖女異能と魔術』をなんでも使える……この認識で合ってるか？」

「ああ」

それなら十分に助け出せそうだ。神様に一つ一つお願いをしながら魔力を行使してもらうのが無難だろう。あたしは神様を見た。

「神様、力を貸してほしい。魔術を使って助け出したいんだ」

「わかった」

「ありがとう！　それじゃあ――」

その続きの言葉はあたしの口の中に押し込められた。

片手で顎を掴んだ神様にキスをされたからだ。

いつもの頬や額への愛玩するようなキスなんかじゃない。

唇と唇を重ねて――何かが、入り込んでくる。

「～～ッ！！！」

脳が熱い。口移しで、言葉にできない何か大きなものを注ぎ込まれている感じだ。

何度も何度も角度を変えて、神様はいつもの淡白な態度が嘘のように、熱を帯びた口付けを与えてくる。初めてなんだぞ、こっちは、なにすんだいきなり。そんな言葉すら湧いてこない。ただただ、脳《アタマ》が沸騰しそうだ。

肌の内側をぞくぞくとした痺れが駆け抜ける。聖女異能で使う部分の神経が塗り替えられている。

「……は……」

腰が抜けたあたしを、神様が軽く抱える。神様は濡れた唇を舐め、あたしの唇も指で拭った。

首筋あたりまでひやりとする。膝ががくがくする。何を、されたんだ、今。

先ほどまでの熱が嘘のような真顔で、神様はあたしに告げた。

「力を貸した」

「は…………？」

「これでシャーレーンは、俺の権能をもって自由に魔術を使えるようになった」

「……マジで？」

貸してって、そういうつもりじゃなかったのに。とんでもないことになってしまった。

「……代償は？」

「特にない。シャーレーンは魂が特別だから」

「おいおい……とんだチートじゃねえか……」

気になることはあるが仕方ない。時間がない。

壁の時計を見れば、まだ一分ほどしか経っていない。

（あのキスが一分以内とか、嘘だろ⁉）

震える膝をパンと平手打ちし、あたしは神様を連れて街に飛び出した。

「どこにいる……そうか、念じればいいのか」

あたしは当てずっぽうに念じてみる。すると情報量が一気に頭に飛び込んできて、思わず頭を覆った。鼻血が出る。

「ッたあ……」

「シャーレーン。力の加減に気をつけて」

「何度もやって覚えるしかねえな、これは」

あたしはもう一度目を閉じて、今度は情報量を抑えながら探知する。

捜すのは若い男。集団に追いかけられて、今にも倒れそうな疲弊した魂はどこだ——。

「いた！」

あたしは鼻血を拭うと、神様を待たずに飛び出した。

頭がぽかぽかして知らない呪文がスラスラ浮かぶ。

「遮蔽魔術、そして跳躍魔術《ルイブ》！」

地面を蹴り、あたしは空にふわっと浮かぶ。浮遊感にゾクゾクする。遮蔽魔術を使ったあたしに、人々は気づいていない。

「はは……禁術まで使えるったぁ、最高じゃねえか！」

あたしは屋根を跳躍し、逃げ惑う神官の前に降り立った。

泥だらけであざまみれの彼はあたしを見てヒイイ、と息を呑んだ。そりゃそうだ、空から幼女が降りてきたら大抵はビビるわ。

「神官さん、聖女護衛騎士団から逃げたいそうじゃねえか。……あたしに協力するなら、助けてやってもいいぜ？」

彼はこくこくと頷く。

「よし決まった」

あたしは目を眇めて笑い、彼に手を差し伸べた。

数分後。あたしと神様と神官は、堂々と繁華街を歩いて宿へと戻った。

すっかり夜になった繁華街を血眼で捜し回る聖女護衛騎士団は疲労困憊の様子だった。歓楽街には物珍しいあたしたちを見ると彼らはギロリと目を走らせたが、すぐに目を逸らした。

「こ、こんな大胆にしていて大丈夫なんですかね……」

「大丈夫に決まってるでしょ、お姉ちゃん」

あたしはにっこりと笑う。あたしと仲良く手を繋いでいるのが不満なのか、神様が仏頂面で、神官を睨んでいる。

神官は赤毛を魔術で長く伸ばし、その辺の娼婦向けの服屋で仕入れたドレスを纏っている。

化粧も施してしまえば、細身の若い男なら意外となんとかなる。堂々としていれば。

「さ、宿屋に入ろう」

「はい……」

宿屋の一階ではおかみさんと宿泊客がいてこっちを一斉に見た。総勢六名、これならいじっても支障はない。

「神様《ダーリン》、よろしく」

「ん」

神様が全員と目を合わせると、みんなピシ、と動きを止める。

あたしはにっこりと笑っていった。

「最初から一緒に宿泊していた、あたしのお姉ちゃん。確か服も借りるって話してたよね？」

「そ……そうね」

みんなが頷く。

　そしておかみさんが、当たり前のように服を貸してくれた。

「な、何を……しているのですか……あなたがたは……」

　神官はだんだん青ざめてきた。あたしは「まあまあ」と笑顔で部屋に押し込む。

　そして、試しに音を消す魔術を構築する。

「防音魔術《ナイナ》。……はは、音が全部消えちまった。魔術疲れもない……神の権能、怖えな」

「あ、あああ……あなたは……あなたがたは……神よ……」

　神官が神に祈り始める。神様がきょとんとして、あたしは笑った。

「まあ楽にしてよ。あたしたちは怪しいもんだけど、お兄さんの敵じゃない。今教会で何が起きているのかを聞きたくて、あんたを匿ったんだ。話してくれるかい？」

「……わ、わかりました。どのみち、外部に訴えたくて逃げ出したので……聞いていただけるなら喜んで」

　神官はしばらく怯えていたが、お茶を飲んで一息ついて、覚悟を決めた様子で背筋を伸ばした。

　妙な子供と胡散臭い男でも、目の前で助けられたら信じてくれるいい人で助かった。

「教会が荒れて、聖女の扱いもめちゃくちゃです。……このままでは土地神カヤに国が見捨てられてしまう」

　神の怒りを恐れる神官。

　神様はただじっと、彼の姿を見下ろしていた。

神官の名前はトリアス。

あたしたちのことはとりあえず「聖女シャーレーン様に命じられ異世界帰還後の国の状況を報告する役目を負った御使《みつかい》」ということにした。

行き当たりばったりで考えた設定ながら、彼は素直に受け入れてくれた。

おかみさんに作ってもらった夜食を取りながら、トリアスが涙ながらに話してくれた。

「うう……美味しい……シェパーズパイ……おばあちゃんの味だぁ……」

「熱いから落ち着いて食べなよ」

「はひ……」

涙混じりで少しずつ話される内容をまとめると、こうだ。

教会内部ではルルミヤの命令として、聖女たちの権力者への接待行為が行われ始めたらしい。

聖女は一般男性と会うには面会室の網越しか、聖女護衛騎士付きであることを求められる。聖女は十代から二十代前半の年若い女で構成され、治癒という特別な異能を持つ。また教会の教義としては処女しか治癒能力がないとされている（実際のところは、そんなことないけど）。そもそも教会の聖女寮は、市井にいては危険過ぎる聖女たちを保護するために創建されたものだ——今ではただの、聖女異能者を管理し有効活用するための組織になっているけれど、それはそれとして。

とにかく聖女が一般男性と会うのはなかなか大変なのだ。あたしだって、ロバートソン商会長とは教会の面会室の網越しか、途方もなく面倒な申請を通した上で、聖女護衛騎士連れでしか会ったことがない。ルルミヤは――聖女を、貴族社会に対するもてなしに使っているのだ。

　ひとしきり食事を腹に収めて、少し落ち着いた顔になったトリアスは言う。

「聖女の皆さんも困惑しています。教義に合わないことを良いのだろうかと、躊躇いながらルルミヤ様の指示に従っている状況ですが……。もちろんトラブルも発生しています。教義を理由に拒絶した聖女もいましたが、彼女たちは意図的に、僻地の過酷な治療会に飛ばされて」

　その光景を思い出しているのだろう、トリアスは顔をしかめる。

「最悪だよ。目の前で何の罪もない聖女たちが泣いてるのに、僕は助けられなくて……。今日だって、炭鉱の治療会で荒くれ者の連中に絡まれていた聖女たちを庇ったら、逆に僕が聖女護衛騎士に引きずり出されたんです。……ルルミヤ様は接待をお命じになっている、それを邪魔するなら、こうだ、と……」

　彼が腕を捲ると、そこには痛々しい青あざがあった。

「教会の中はおかしいんです。ルルミヤ様派と大神官様派に分かれて、秩序もめちゃくちゃだし……誰も、何が正しいことか、やるべきことかわからないでいるんです。けれど上層部はみんな、二大派閥のどちらが教会を支配するのかで揉めることばかりに集中していて。……聖女も神官もみんなボロボロです」

「……辛かったな」

　あたしが背中を撫でると、また彼は大泣きを始めた。

「うう……ごめんなさい……君みたいな女の子の前で泣くなんて」

「泣いていいよ。無理に気持ちを押し込めても、心が壊れちまう。……その涙は、あんたがそこまで必死に頑張ってきた証拠さ」

　二十代くらいの男にとって、子供の前で号泣するほどの苦しみというのはいかばかりか。よほど苦しかったんだろう。あたしはただ、背中を撫でて慰めた。

　神様を見るのが怖いけれど、邪魔をしないということは一応許してくれているのだろう。

　後でどんな「上書き」をされるのか、今は考えないでおこう。

「マケイド市は、市長のデニズドン男爵も有力者のロバートソン商会長も、熱心なシャーレーン様の支援者だったと聞いていました。この窮状を訴えるには彼らしかいないと思い、僕は治療会から逃亡して、ここに来たんです」

「なるほどな。わかったよ。……ロバートソン商会長は知り合いだ、話を通すことはできる。彼も街の状況には不安を抱いていたから、お互いよい情報交換ができるだろう」

　彼が泣き止んで落ち着いたところで、あたしは改めて尋ねた。

「聖女護衛騎士団の様子はどうだ？」

「そうですね……最近は妙に荒れている気がします。何かに怯えているような……」

「怯える？」

「そうそう最近、ちょっと人の入れ替わりがあったんですよね」

「へえ……どんな？」

「人員が減ったとかで、護国騎士団所属の騎士が聖女護衛騎士団に移動してくることが増えたんです。元の聖女護衛騎士団の人たちってほぼお坊ちゃんというか、留学経験や学習経験はあっても実践はできないような人ばっかりだったんですよ。それが今では、背も高くていかつい、顔も怖い感じの騎士がぞろぞろ入ってきて……」

「………それはいいこと聞いたなあ。名簿って、あんた仕入れられる？」

「逃亡した僕の名前では難しいかもしれませんが……ツテを使えば、もしかしたら」

やった。あたしは手応えを感じてニヤリと笑う。

聖女護衛騎士団内部の名簿が手に入れば、あたしを襲ったのが誰なのか、襲った目的は何か調べやすい。

神様がスッとやってきた。

「男。直った」

「おいダーリン、男って呼ぶなよ。……あ、メガネ？」

トリアスの、ボロボロになっていたメガネを修繕してくれていたらしい。

彼は喜んで受け取り、かけて目を輝かせた。

「すごい！　新品みたいに綺麗だ……！　ありがとうございます」

そして彼はメガネをかけた状態で、あたしの顔を見て目を瞬かせた。

「……あれ？　よく見たら………シャーレーン様に少し似てます？」

「あーよく言われる。だからさ、あたしを使いにしたんだ、シャーレーン様は」

「そっか～なるほど～。シャーレーン様もお綺麗で素敵だったな～……」

「あはは」

あまり気にしないでくれて助かる。

「じゃあとりあえず明日はロバートソンさんに話をしようか。今夜は宿の隣の部屋に泊まりなよ。危ないから念のため、しばらく女装はしといたままでいてほしいけど」

「はい！　ありがとうございます……！」

彼はスムーズに隣の空き部屋に宿泊することになり（神様の例の力を使わせてもらった）、今夜はひとまずほっとできそうだ。

「それではおやすみなさい、シャーレーン様の御使のお二人」

「その話絶対他にすんなよ。じゃあな！」

余計な記憶を消すのは明日でいいだろう。

隣の部屋に行こうとするとき、彼は思い出したように「あ、そうそう」と口にした。

「御使のお二人なら知ってますか？　今教会、土地神カヤの霊泉が涸れてるんですよ」

「…………え？」

「大神官派の神官たちは大盛り上がりですよ。やはりルルミヤ様が正統な筆頭聖女じゃないから神がお怒りになってるんだと。聖女接待や無料治療会にもかこつけて、ルルミヤ様を糾弾する準備を進めているようですが……全く、そんなことだから神がお怒りで、霊泉が涸れたんでしょうに」

「…………………」

「それではおやすみなさい！　ああ、メガネが直ったから元気出てきちゃった。では！」

バタン。

部屋に二人きりになったところで振り返ると、神様が真顔であたしを見下ろしていた。

「……神様」

瞳が金色で、人形のような真顔が怖い。

反射的に身を硬くしたけれど、神様はあたしを抱え、ぎゅっと優しく腕に閉じ込めるだけだった。低い声で小さく、神様は耳元で囁く。

「……ああいうとき、人に親切なシャーレーンが好きだ」

「そうか」

「だが俺以外の男に優しくしてるのを見るのは……いやだ」

「そっか。……それでも、耐えててくれてありがとな」

二本の腕では足りないとばかりに、どこからともなく湧いてきた白蛇が、しゅる、と太腿に絡みついて顔を覗き込んでくる。この嫉妬も慣れてきた。体に絡みつく大きな手も、蛇の感触も、神様の執着を感じさせられる。

しばらく甘えさせるだけ甘えさせて落ち着かせたところで、あたしは神様を見た。

「神様。……聞きたいことがある。真面目な話だ」

「シャーレーン……？」

「神様。あたしに隠していることをそろそろ教えてほしいんだ。国の加護はどうなっている？」

蕩けていた金の瞳が、ぱちんと明かりが消えるように漆黒に戻る。あたしは続けた。

「聖堂の霊泉が涸れた。初代筆頭聖女とあんたの契約で湧き出した、この国の霊泉の源泉だ。……今は各地域の霊泉は涸れていないようだが、いずれ無事で済む話じゃないだろ」

甘えるように群がっていた蛇が消えている。

神様は真顔であたしを見ていた。表情が読めない。いつもよりも、ずっと。

「神様は言ったよな。聖堂に祀られたままでは、人間の形にはなれなかったって。……ってことは逆に言えば、人の形を取ってあたしの傍にいる今のあんたは、『聖堂に祀られていた頃の神様』とは違う状態になっている……ってことだよな？」

「……」

——返事はない。神様はあたしに嘘はつかない。沈黙は、肯定だった。

「今も神としての権能を使っているってことは、神であること自体は変わっていないんだ——さては……人の形になるために、『国の守護神』を、辞めたのか？」

無言は肯定だった。神様は今、国を守っていないのだ。

「どうしてだよ、神様。初代筆頭聖女と契約して、ずっと神様をしていたんじゃないか。……妻だったんだろ？　初代筆頭聖女は」

教義では、土地神カヤは妻である初代筆頭聖女との契約により、国を守る土地神となった。歴代の筆頭聖女を神の妻とするのは、彼女と神との関係をなぞったものと言われている。

神様は正直、よくわからない男だ。神様らしい独特の感覚で生きている。

それでも——妻として縁を結んだ女との約束を反故にする男だとは、思えなかった。

「……最初の妻との約束を破ってまで、あたしを優先する理由を教えてくれ。言いにくいことなんだろうけど、当事者として聞かないわけにはいかないんだ」

神様はずっと黙っていた。

「頼むよ、神様。……あんたはあたしに優しいけれど、それが初代筆頭聖女との約束を、蔑ろにした行動なんだと思うと……複雑な気持ちになって、素直に受け止められない」

苦々しい顔をして、神様は目を落とす。言葉にするのを逡巡している様子だった。

あたしは神様の手を取り、神様の気が済むまで待った。

喰まれて濡れた指先がすっかり乾いてしまった頃、ようやく神様は、声を絞り出した。

「他にいるわけがない」

金色に輝く瞳が、あたしを射貫く。

懇願するように両手であたしの手を包み込み、強く握り、神様は切なげに訴えた。

「俺の妻はあなただけだ、シャーレーン。過去も今も、未来さえ。もし別の世界に生まれ変わったとしても、俺の居場所はあなたの傍だけだ」

「神様……？」

「教会があてがった筆頭聖女なんて、人間が勝手にやっていた儀礼だ。俺の妻はあなたしかいない。あなたしかほしくない。俺が土地神から国の神へ堕ちたのは、シャーレーンの帰る居場所を守りたかったから。国の加護を捨てたのは、シャーレーンを守りたいから……俺は、あなたと契った日から……あなたのためだけの神だ」

「どういう……ことだ……？」

手をほどき、感情を堪えるように神様は己の顔を両手で覆う。

「俺は……あなたしか、いない……」

今までにないほど感情的に呟くと、神様は深く溜息をついた。

「シャーレーンには……何も背負わず、幸せになってほしかった。だからシャーレーンが全てを忘れていて、寂しいというより嬉しかった。あなたをただの俺の妻《つがい》にできるから」

「……神様……？　何言ってるんだ……？」

「真実を打ち明けてしまえば、シャーレーンはまた自分を犠牲にする。それが怖かった。……俺は…………ずっと、あなたと再会するために国を守り続けてきた。シャーレーン以外は、何もいらない。俺を神からただの男に堕《し》た、あなた以外は」

あたしは固唾を呑んで耳を傾ける。神様の、暴露を。

神様は顔を覆った指の間から、金の瞳を輝かせて言った。

「初代筆頭聖女はあなただ、シャーレーン」

明かりを灯すのを忘れたままの暗い部屋。窓の外から、夜の街の賑やかな喧騒と光が入る。僅かな光を背に、神様はあたしを見つめて告げた。

「初代筆頭聖女が、あたし……だと？」

「……俺は元々、この大陸全土の土地神だった。遠い昔の話だ。聖堂の位置は小高い山になって

いるだろう。人間のせいで随分と小さくなってしまったが……あの山が、俺《カヤ》の棲家だった――」

　神様は遠い目をして続ける。

　初代筆頭聖女は当初、山を鎮める供物として訪れたという。

「金糸雀《カナリア》のような眩しい金髪で、手足が長く、強い眼差しをした人間だった」

「だいたいあたしだな」

「性格も全く同じだ。……それまでの出自も、ほぼ近い」

　供物を前に神様は困った。

　神様は初代筆頭聖女となる彼女を不憫には思えど、妻にするつもりはなかったからだ。

――帰る場所がないから傍に置いてほしい。

　願い出た彼女を受け入れた、それだけのつもりだった。

「けれど……一緒にいて、情が湧いて……俺はいつしか人間の姿を取り、彼女《あなた》と過ごすようになった。……けれど、人間は彼女に感謝しなかった。それどころか困ったことがあれば投げ捨てるように新たな女たちを俺によこしてきた。俺は……それは俺に対しても、彼女に対しても侮辱だと感じた」

　神様の言葉にざらついた怒りが混ざる。膝に座ったまま、あたしは宥めるように神様の背を撫でる。込み上げる感情を止めるように、神様は瞼を閉じた。

「彼女と俺で、人間と交渉した。贄として捨てられてきた女たちが『聖女』として崇められるようになるよう、力を与えた。そして彼女の……聖遺物を楔として、俺は自らこの土地に縫い止められた。そこから俺の権能が吹き出し――霊泉となった」

「楔……？」

「霊泉で見たことがあるだろう。湯口を貫いた聖遺物を」

あたしは思い出す。神域の山の上にある聖堂は、霊泉が湧き出る湯口を祭壇に見立てた大浴場となっている。その湯口には確かに、錆びた棒状の聖遺物が刺さっていた。

「あれで俺はこの国に縫い付けられている。霊泉は国のためにもたらしていたのではない。聖遺物が俺を土地に縫い付ける楔となって、権能の範囲が狭まり、結果として土地神になっていただけだ」

神様は微笑み、服の上から薄いお腹を撫でる。

「彼女が死んでも聖遺物は残り続ける。ずっと……ここに、あなたを感じ続けた歳月は、寂しくとも愛おしかった」

「神様……」

「俺は人間の国なんてどうでもいい。彼女《あなた》と過ごした場所、そして転生したあなたの帰る場所を守っていただけだ。いつか生まれ変わってまた出会えると知っていたから」

「……え……えっと……？」

「会えたときは嬉しかった……前世の記憶を失っているのは想定外だったが、些事だ。あなたはあなただ。魂も神に近くなっている。……よかった」

「待てよ、生まれ変わりはともかく……あたしは父さんと母さんの子だ。あたしも人間だ」

神様はゆるく頭を振る。

「人間だとしても、今のあなたは神に近い魂を持つ。……ちゃんと確かめた。だから死にかけても、俺が助けられた」

神様が味を思い出すかのように唇を舐め、微笑んだ。

優しげなのにぞくりと怖くなったのは、神を前にした本能の畏れか。知らない間に何をされていたのか、知ってしまった件の恐怖か。どっちもだ。

引いたあたしに構わず、神様は顔を曇らせつつ言葉を続ける。

「けれど聖遺物で身を穿ったのは失敗だった。感覚が麻痺して、あなたが教会に囲われるまで、生まれてくれたことに気づかなかったから」

「……オーケー、わかった。ちょっと整理させてくれ」

あたしは待ったをかけて深呼吸する。

そして神様の執念のノイズを除去した上で、事実だけを確認することにした。

「……まずあたしは、初代筆頭聖女の生まれ変わりなんだな？」

「そうだ」

「霊泉が涸れたのは、あんたが聖遺物から無理やり離れ、人の形になったからなんだな？」

「そうだ」

「……後もう一つ。聖遺物が神様を国と結びつける楔になってたんだろ？　そこから離れて国はまずいことになっているのはわかった。だが……神様本人は大丈夫なのか？」

神様は言いよどみ、目が泳ぐ。あたしは嫌な予感がした。

「おいおい、マジかよ」

「少し、少し、無茶をしただけだから。シャーレーンが気にする必要はない」

先ほど神様が腹を撫でていたのを思い出し、神様の隙を突いて黒い上着を捲った。

「……ッ！　シャーレーン……！」

嫌な予感は当たっていた。神様の腹はどす黒い闇になっていた。

インクを肌にこぼしたような、ぐちゃぐちゃの闇が腹を覆っている。

「これは……酷ぇな」

「見ないでくれ」

神様はぱっと服を下げ、不本意そうに呟く。

「……風呂のときは、シャーレーンの視界をいじることでごまかしていたのに」

「いや勝手にいじるなよ」

あたしは突っ込みつつ、神様の服から手を放す。神様はお腹を抱えるようにして、気まずそうな顔をしながら説明した。

「俺は、体を聖遺物から無理やり引き抜いてここにいる。国の守護は、聖遺物に残留した俺の権能でなんとか維持できている状態だ」

「維持できてないじゃねえか。湯が止まってるなら」

「……それなんだ。普通ならちょっとやそっとでは権能は消えないはずなのに……」

神様が口元に手を添え考え込む。神様でも権能が消えた理由はわからないらしい。

「なるほどね。あたしの暗殺も含め、中枢領域内で非常事態が起きていると思った方がいいだろうな。……はあ、しっかし」

あたしは天を仰いだ。

神様は前世のあたしを愛して、あたしのために国を守っていた。あたしの形見を楔として自分に打ち込んでまで。そして転生したあたしを守るため、神様は楔をぶっちぎって傷を負い、国との接続も切れた、と。

「何もかもあたしが元凶過ぎる……」

「シャーレーンが世界の全てだからそれでいい」

「よかねえよ。……でもさ、神様」

「ん」

「なんで教えてくれなかったんだよ。あたしが生まれ変わりだってさ」

神様は視線を落とし、言いにくそうに口籠もる。

「初代筆頭聖女の転生だと知れば……あなたは一層筆頭聖女として振る舞おうとするし、追放後もこの国の混乱の始末をつけようとしただろうから」

「そりゃそうだな……」

「……俺はそれが嫌だった。あなたには、ただ幸せに過ごしてほしかったから。それに」

「それに？」

「………怖かった」

神様は珍しく、弱気な声を漏らした。

「前世の話をしてしまっては、俺の思いが、単に前世の縁をシャーレーンに引き継いでいるだけと思われそうで」

「……あー……」

前世のあたしだけを見ていると思われるのが嫌だったのか。

先ほどまでの威圧感はどこへやら、神様は不安そうにあたしに訴える。

「もちろん出会ったときは、前世のあなたと重ねていたのは、否めない。でも……でも信じてほしい。俺は……過去の縁がなかったとしても……あなたに惹かれていた。俺は……」

「神様。その心配はいらねえよ」

あたしは神様の頬に手を伸ばし、綺麗な顔を覗き込む。さらさらの黒髪、その前髪の間から覗く瞳があたしを映す。彼の瞳の中であたしは笑顔になった。

「神様の本気、あたしは疑わないよ」

「シャーレーン……どうして……？」

「初代筆頭聖女《むかしのあたし》のためだったんだろ？　この国の神様になったのは」

「そうだ」

「でも、神様は過去の約束を破ってでも、あたしを守ることを優先してくれたじゃんか」

神様が目を見開く。あたしは「大丈夫」と言って、頭を引き寄せて撫でてやった。

「神様が『神様』を捨てちまうほど、本気であたしを大事にしてくれてるのは……ちゃんと伝わってるからさ。安心してよ」


――それから、休憩がてらお茶を淹れて一息ついて。

あたしは両手であたたかなカップを持ちながら、神様の腕の中で呟いた。

「さー……これから、どうすっかな……」

傾国聖女《ファム・ファタール》の責任を、どう取ろうか。

「神様の加護を失って、霊泉が涸れて、このままだと国はどうなるんだ？」

「土地の加護を失い国として保てなくなり、いずれ滅びるかもしれない」

神様はサラリと恐ろしいことを言う。

「ゾッとしねえな。……じゃあ、神様はどうなるんだ？」

「野良の神になる。いずれ他の土地神に命を狙われるだろう」

「最悪なシナリオじゃねえか。神様、国の神様に戻るつもりはないのか？　あたしのせいで国が滅びるなんて背負うには重過ぎる」

「嫌だ」

「即答だな」

「あなたを大事にしない国を守るつもりはない。そもそもあなたとは離れない、絶対に」

何か名案はないのか。あたしは腕組みして唸る。

「たとえば……あたしと一緒に暮らしながら、神様が遠隔操作でこう……えいっと霊泉に加護を与えられないのか？」

「本来の俺なら可能だ。しかし今、俺は最低限の能力しか残っていない」

「だめかー」

「……ただ。霊泉の聖遺物をシャーレーン本人が解放してくれたら、俺は本来の姿に戻れる」

「国にも縛り付けられていない、この土地そのものを守る神様に戻るってことか？」

「少し違う。大陸全土を守る神だ」

「強過ぎだろ……。じゃあ、その大陸全土の神に戻ったら霊泉や国の加護はどうなる？」

「霊泉は元に戻せる。国の加護くらい、本来の俺に戻れるならば容易い」

あたしは顎に手を当て、天井を見た。

「うーん、どのみち一度は中枢領域内の聖域に戻るしかないのか」

「……シャーレーンを大事にしない国のために、シャーレーンが頑張ってほしくない」

「国のことなんて知るかよ」

「え」

「そりゃあ半端で投げた仕事は気になるけど、気になるって程度さ。あたしを使い捨てにしたのは国の方なんだからな。後は自分で頑張れよって言える立場だしな。……でも」

あたしは神様の頭を撫でた。

「神様のお腹は治したいよ。あんたにだって幸せになってほしいんだ。だからバチッと聖遺物ぶっ壊して、気兼ねなく二人で責任からおさらばしようぜ」

「シャーレーン……」

「まあ、後は……国は勝手にしろって思うけどさ。罪のない人々が困るのは目覚めが悪いんだ。せめて生まれ持って与えられた力は正しく使ってさ、みんなを助けたいのは本心だ。国じゃなくて、みんなをな」

あたしは自分の手のひらを見つめる。

神様は頷いた。

「それに人助けすることで、……父さんに迷惑をかけた罪滅ぼしもしたいしね」

「マケイドの人々などに親切にするシャーレーンは、好きだ」

「ありがと」

「んじゃ、決まりだな」

——何の憂いもなく、気兼ねなく、ご機嫌に追放後の人生を満喫するために。

なんとかして聖遺物を破壊して霊泉も神様も復活させる！

外もいつしか真っ暗闇となり、背中を寄せている神様だけがじんわりとあたたかくて心地良い。

話がまとまってきたら、だんだん眠くなってきた。神様があたしの頭を撫でた。

「眠そうな体温になってきた。そろそろ寝た方がいい。体に障る」

「正論だな。……ふあ……寝るかあ」

神様はベッドに寝そべると、あたしに腕枕して抱きしめてくれた。額に唇を押し当て、子供にやる手つきでぽんぽんと寝かしつけてくれる。まどろみながらあたしは尋ねた。

「神様いつ……こんな寝かしつけ方覚えたんだ……？」

「あなたがしていただろう。筆頭聖女を務めていた頃、幼い子の相手をするときに」

「なるほどね。……ふふ、神様、いいおとーさんになれるよ……」

気持ちがほろほろとほぐれ、あたしは心地よく眠りに落ちていった。

そして眠りに落ちていると名案がよぎりやすいもので。

（親……そうか…………母親が、いた…………）

霊泉に近づく名案、思いついたかもしれない。

◇　別視点／その頃の王都　◇

シャーレーンが己の魂の秘密について知った一方。ルルミヤは聖女審議会に招喚されていた。

かつて、シャーレーンの筆頭聖女解任が決議された場だ。

磨き上げられたマホガニー造りの重厚な議場の中心にルルミヤは立っていた。

彼女を見下ろす位置にはそれぞれ、大神官マウリシオと大神官派、聖女ルルミヤ派、そしてルルミヤの父であり宰相のホースウッド公爵と関係者が顔を揃えている。

マウリシオはルルミヤを見下ろし告げた。

「大神官の名において、筆頭聖女ルルミヤ・ホースウッドの解任を求める」

筆頭聖女の装束を纏ったルルミヤはまんじりもせず、壇上で背筋を伸ばして立っていた。マウリシオの側近が引き継いで糾弾する。

「筆頭聖女ルルミヤ。汝が就任して以降、土地神カヤの加護が落ちた報告が相次いでいる。霊泉の枯渇に全国の霊泉湧出量低下。複数の有力貴族および商人の抗議、国境付近の魔物の増殖、教会内部の混乱——全ては汝の私利私欲に基づく行動が招いた事態であり、筆頭聖女として不適当である。大神官の名において、筆頭聖女ルルミヤの解任を求める」

壇上から糾弾されても、ルルミヤは涼しい顔で佇んでいた。

彼女の後ろから、ルルミヤ派の神官が訴える。

「僭越ながら大神官マウリシオ猊下のご主張に異議を申し立てます。そもそも筆頭聖女ルルミヤは急遽就任した身。彼女は前筆頭聖女時代に起こっていた綻びを繕うために積極的な活動を行っているのであり、私利私欲に基づく行動と断じるのは恐れながら誤謬であると訴えたい」

そもそも、と熱気のこもった拳を握りしめて、神官は訴える。

「変革を起こし秩序を脅かしていたのは前筆頭聖女シャーレーンの側ではありませんか。一つ挙げてみても、伝統ある無料聖女派遣活動を廃止したのは大きな愚策と言えましょう。対して筆頭聖女ルルミヤは就任後、本来の教会の権威を守ろうと奮闘しています。彼女を糾弾するのは間違っている」

大神官派の神官がそれに応酬する。

「前筆頭聖女時代には一切の霊泉湧出量の問題はなく、無料聖女派遣活動を廃止しても収益は上がっていた。旧体制に戻すと言いながら、筆頭聖女ルルミヤの度重なる外出や懇談会は説明がつかないものが多い。接待費についても裏帳簿の疑惑が上がっており――」

「そもそもシャーレーン・ヒラエスは何者だったのか、説明責任を欠いたまま――」

喧々諤々と主張をぶつけ合う二代派閥。

「……大神官マウリシオ猊下」

まろやかな美しい聖女の声で、ルルミヤは甘やかに大神官に問いかけた。

「わたくしは『異世界召喚の聖女』の突然の『帰還』、その後釜として混迷の中、就任した身でございます。就任してたった数ヶ月の、まだ前任者の事後処理に追われるわたくしの無力を糾弾するのは容易いでしょう。……けれどわたくしを糾弾して、他に誰が役目を務められると？」

大神官派は押し黙る。

――そう。能力の高い聖女は全て潰され、『シャーレーンの出自』という大神官派の持つ弱みを掴まれた状態では、ルルミヤ以外を選べないのだ。

ルルミヤの物言いに気色ばむ大神官派の面々。

「なんという物言い……」

「身分をわきまえろ、筆頭聖女ルルミヤ！」

しかし大神官と側近は、苦々しい顔をしてルルミヤを見下ろすしかない。

審議会は結局、ルルミヤの筆頭聖女続投の方向でまとまった。

ルルミヤはすまし顔で歩いていたが、廊下で待ち構えていた人物を見て青ざめた。

先ほど同席していた実父――宰相であるホースウッド公爵だ。

「お前に与えた時間はもう二ヶ月も過ぎた。教会内の勢力を牛耳り、大神官を体調不良を理由に引退させるという話は難航しているようだが、わしの融通が足りぬといいたいのか？」

――まだ二ヶ月よ、お父様。焦らないでよ。

そう言いたくても言えない。早く成果を出せと言われて、反応に窮する。

切り捨てられないようにしなければ。

「滅相もございません。……今しばらくお待ちください、お父様」

「腐りかけの果実にこれ以上時間は与えられないぞ、ルルミヤ」

たっぷり沈黙を置き、父は低く言った。

「妾腹のお前を不相応の公爵令嬢の立場に据えてやっているのは、お前を信用しているからではない。商品価値が下がるまでの猶予期間だ……十八歳までに成果を出せなければ、お前は予定通り、隣国に嫁がせ間諜の命を与える」

「承知しております」

父はそれ以降、一言も発せず立ち去った。

ルルミヤは震えを振り払うように、自分専用の執務室へと足早に向かった。

王都中心部、王宮と並び立つ位置にある教会総本部のさらに奥。神域となっている小高い山の上に、霊泉の湧く聖堂と隣接した筆頭聖女専用の執務室がある。

ルルミヤはソファのフットレストに足を投げ出し、書類をしかめ面で見つめていた。足は神官に揉ませている。

手元の書類に書かれているのはシャーレーンから引き継いだ懺悔の予約名簿だ。シャーレーンは一日最低一人は懺悔室にて声を聞く時間を設けていたらしい。

「人気取りのためによくやったものだわ」

ルルミヤは頬杖をついて溜息をつく。

「あの女、どれだけ働いていたのかしら。せっかく筆頭聖女って地位にまで上り詰めておきながら、仕事しかしてなかったなんて」

筆頭聖女は他の聖女とは違い、一日のほとんどを独自のスケジュールで行動している。ルルミヤは就任してからずっと先任の激務に呆れ返りっぱなしだった。

夜明け前の禊ぎに始まり、通常執務に懇談会、外回りは中枢領域内にとどまらず、街の教会や救貧院まで多岐にわたり、夜遅くまで働いた後に、深夜になってようやく件の沐浴で一日を終える。働き詰めだ。

「元々底辺暮らしなのだから、あの女は朝から晩まで働くことも慣れているでしょうね。でもわたくしは貴族令嬢なのだから、ネズミのような働き方は嫌よ」

ルルミヤの視線に気づいた側仕えの聖女と神官たちが頭を下げる。

ふと、視界に橙色がよぎる。反射的に目で追うと、神官が運んできたワゴンに果物が盛り付けられている。ルルミヤの機嫌取りに持ってきたのだろう。

「何よ、これは」

　鮮烈な色が、あの憎らしい女の瞳に見えて――ルルミヤはオレンジを鷲掴んだ。

「わたくしの目の前に、オレンジを出さないでちょうだい！」

　感情のまま、テーブルクロスの上に、オレンジを叩き潰す。

「ひっ……！」

　鮮烈なオレンジが血飛沫のように、真っ白なテーブルクロスとルルミヤの聖女装束を汚す。側仕えの者たちは震える。

「も、申しわけございません！　わ、私が盛り付けました……！」

「片付けて！　あなたは……そうね、辺境伯領の鉱山の聖女が逃亡したばかりなの。行ってくれるわよね、これから」

　ルルミヤはがくがくと震える聖女を聖女護衛騎士に連行させる。

　身の回りの聖女護衛騎士は全て、マウリシオの息がかからない新たな従順な騎士になっている。彼らはルルミヤに黙って従い、涙をこぼす聖女を羽交い締めにして連れ去っていく。

「わたくしは……あなたのように破滅しない。公爵令嬢として、筆頭聖女の座も、何もかも、思いのままに手にするのよ……」

　ルルミヤは手を汚す果汁を舐め、残った側仕えたちに衣装を改めさせた。

　内装も全て改めさせた執務室はルルミヤ好みの瀟洒な金の調度品でまとめられており、第二王子が留学先から寄贈したと言われる大きな姿見も設置していた。

　着替え終わったルルミヤは鏡の前に立ち、曇り一つない鏡に映る自分を見た。

「ふふ……わたくしにこそ筆頭聖女の装束は似合っているのよ」

　筆頭聖女の衣を纏った姿を鏡で見れば、父とオレンジによる不愉快は吹き飛んだ。

　それから化粧直しを受けるルルミヤの下にまた別の聖女護衛騎士がやってきた。

「ルルミヤ様、マケイド市よりロバートソン商会長がお見えになりました」

「あら。応接間に通してちょうだい。人払いもよろしくね」

　ルルミヤは笑みを浮かべ、丹念に化粧直しを重ねて応接間へと向かう。

　筆頭聖女活動なんてしている場合ではない。筆頭聖女の任期はたった十年たらず。今のうちに、父親と自分の持つ地盤をさらに強固にする必要があった。

　ルルミヤは歩きながら、ロバートソン商会長の情報を頭の中でさらう。

　まだ三十前後で、商会長としては若い美男。遣り手の野心家という噂だ。

　シャーレーンが奉仕活動を通じて繋がっていた各地の有力者たちを引き継ぐため、ルルミヤは彼ら一人一人と顔合わせを行っていた。とはいえ、ルルミヤが直接会うのは一部の有力者だけだ。ランクの低い連中は手駒の聖女たちに接待を任せている。いつでも会える筆頭聖女だったシャーレーンとは違う、宰相の令嬢としての希少価値を大事にするためだ――そもそも、老人や中年の籠絡は、自分のやるべき仕事ではない。

「野心家の男ならば、宰相の娘と近づけると知れば、きっと喜ぶでしょう」

　ルルミヤは足を止め、廊下に設えられた、第二王子寄贈の鏡に映った自分の姿を見やる。

甘いカフェオレ色の髪にピンクの垂れ目、さらにはさりげなく体の線を強調した筆頭聖女装束で、シャーレーンの何倍も蠱惑的に仕上げていた。

「人の心を籠絡する手腕は、わたくしの方が上よ」

颯爽と裾を翻し、応接間へと向かう。成功を疑うことのないままに。

一時間後。応接間にて、ルルミヤは丁重に突き返された書類を前に青ざめていた。

赤銅色の髪を撫でつけ、ストライプの瀟洒なスーツを纏ったロバートソン商会長は、柔和な笑みを浮かべながら、はっきりとルルミヤへの援助はしないと告げた。

「申しわけありません、私はシャーレーン様の慈善活動に賛同しておりましたからこそ、ルルミヤ様の活動には援助できかねます」

「そんな……わたくしはシャーレーン以上に、ロバートソン様にお力添えできますのに」

ルルミヤは必死で、自らの筆頭聖女としての価値や宰相令嬢としての付加価値を訴える。しかしロバートソン商会長はすげなく首を横に振った。

「利があったとしても、答えは変わりません」

凛々しく整えた眉を下げ、さも申しわけなさそうに男は説明する。

「商人は『信用』です、ルルミヤ様。お二人は聖女活動の理念が正反対のようにお見受けします。あなた様に簡単に賛同してしまえば、私を信じてくれている人々を裏切ることになります」

「今の繋がりなんかより、もっと大きなものが手に入るのですよ。それを見逃すのですか」

「……」

ロバートソンは溜息をつき、ナイフのような冷たい目をする。

ゾクリと背筋を震わせ、ルルミヤは身を引いた。ロバートソンはにこりと微笑む。

「ご提案は十分魅力的だが、しがない商会長の若造の手には余ります。良きものは何卒、他の方に」

ロバートソンは立ち上がる。帰ろうとする背中に、ルルミヤは言いつのった。

「ま、待って。では個人的なお話をしませんこと？」

最終手段と、ルルミヤはロバートソンの腕に腕を絡ませ、上目遣いで見た。

ルルミヤがこうすることで喜ばぬ男はいなかった――今までは。

「私は妻子ある身です。ご存知でしょう、ルルミヤ様」

ロバートソンは冷たく、ルルミヤの腕を振り払った。

「失礼。……筆頭聖女の肩書きを、安っぽいものにしないでいただきたい」

「そんな！　……以前の聖女より、わたくしの方がよほど」

シャーレーンの出自を言おうとして、ルルミヤはすぐに口をつぐむ。

彼女を異世界転移の聖女と祭り上げ、筆頭聖女に仕立て上げていたのは教会だ。ルルミヤの対抗勢力である大神官派の行動とはいえ、立場上、外部に漏らせない情報だ。

ロバートソンは鼻白んだ顔で呟く。

「……あの少女の方が、よほど聖女らしい」

「な、何の話ですか？」

「別の話ですよ。あなたとは無関係だ」

ロバートソンはにっこりと笑う。

「……では。神のご加護が、筆頭聖女殿にありますように」

軽やかに風のように、ロバートソンは去っていく。

ルルミヤは部屋を振り返る。控えていた側仕えの聖女が、びくっと肩を震わせる。ルルミヤは苛立ちのまま、彼女にロバートソンが残した冷水を浴びせかけた。

◇◇◇

——ルイスは夢を見ていた。

長い髪を風になびかせ、夢の中でシャーレーンが綺麗に微笑む。

「よかった、無事だったんだね」

ルイスは駆け寄る。しかし手が触れそうな距離まで近づいた途端に、シャーレーンは剣で串刺しにされた血まみれの姿になった。

「なあ、どうして助けてくれなかった？　王太子殿下……」

「……ヒッ……！」

ルイスは絶叫して逃げた。シャーレーンは追いかけ、血まみれの手でルイスを捉えて訴える。

己の死の苦しみを。ルイスへの怨嗟を。血まみれの手でべたべたになり、ルイスは――。

「殿下！　殿下！　お目覚めください！　殿下！」

「あ……」

ルイスは目覚めた。天井を見上げるルイスを、数人の従者が押さえつけている。

全身が汗で冷えていた。ルイスはまた朝まで悪夢にうなされていた。

「……すまない、心配をかけた……」

従者に促され身を清め、ルイスは薬と白湯を口にする。

まだ手が震えている。シャーレーンの声が、まだ耳に張り付いているような気がした。そんなルイスの様子を見て、従者たちは顔を見合わせる。そして遠慮がちに声をかけた。

「恐れながら殿下。実は第二王子殿下からの魔鏡通信が入っております。やはり……本日お話しなさるのは厳しいでしょうか」

第二王子殿下――その単語に、ルイスは身を起こす。

今年十七歳になるケイゼンは、現在ストレリティカ連合王国に留学中の優秀な弟だ。

母似である線の細い銀髪碧瞳のルイスとは対照的に、赤銅色の短髪に碧瞳を持つ、背が高く肉体的に恵まれた体格の溌剌とした弟だった。父が本来後継にしたい弟。そして言葉には出さないものの、誰もが本来王太子になるべきだと思っているであろう弟。

「せっかくの弟からの通信だ。準備をしろ」

「かしこまりました」

気持ちを奮い立たせ身支度を済ませて談話室に向かうと、すでに従者たちが魔鏡通信の姿見を準備していた。鏡の中には、また一層精悍になった第二王子ケイゼンの姿が映っている。留学中の貴族学校の制服姿で、ルイスを見て嬉しそうに歯を見せて笑った。

「お久しぶりです。お二人のご調子が悪いとのお話だったので心配で連絡しました」

「そうか。お前にももう伝わっていたか」

父は数日前から急に食が細くなり、連日寝込んで公務を休んでいる。持病とも違う父の具合の悪さに医者は首を捻り、薬も出せない状況だ。

「はい。しかし厄介ですね。医者でも原因がわからない病に伏せっていらっしゃるとは」

ケイゼンの話によると多少は会話ができたが苦しげで、長く話ができなかったという。

「申しわけありません。兄上に全ての公務を押し付けてしまっている状況で……」

「何を言う、僕は王太子だ。ケイゼンは留学が役目だ、お互いの責務を今は果たそう」

「……父上の危機なのにお側にいられず心苦しいです」

ケイゼンが凛々しい眉を歪めて辛そうにする。その男らしい顔立ちが羨ましいと思う。

父の代行としてルイスが公務に出てはいるが、周りからの「王太子か……」というがっかりとした眼差しを日々浴びてルイスも精神的に辛くなっているところだった。

ケイゼンが「そういえば」と話題を変える。

「噂では、土地神カヤの加護が切れかけていると聞いています」

「……お前は随分とよく知っているね」

「ええ。伏せられる前の父上とも魔鏡で定期的に連絡をしておりましたから。僕の友人も、何人か城の中に手伝いに来ていると思いますが、役に立っていますか？」

　遠方にいながら役に立っている弟にちくりと胸を痛ませながら、ルイスは笑顔を作る。

「ああ……そういえばルルミヤが言っていたな、教会や城にケイゼンが人員を送り込んでくれていると」

「よかった！　使ってくれているのですね！」

　シャーレーン死亡後、聖女寮内の警備はどんどん手厚くなっている。

　ケイゼンの配慮で、彼が指名した騎士団員が複数名、新たにルルミヤの護衛として聖女護衛騎士団所属となったのだ。部外者が聖女護衛騎士団所属となることは異例で、不満を訴えた騎士が辞めるなどして混乱も起きてはいるが背に腹は代えられなかった。

「ああ。大神官派とルルミヤは仲が悪いし、前筆頭聖女のこともあるから……正直、聖女護衛騎士団だけにルルミヤの防備を任せたくなかった。とても助かっているよ」

「嬉しいです。兄上も困ったことがあったら言ってくださいね。ストレリティカ連合王国の王族の方々も協力してくれるとのことですので」

「ありがとう」

　ストレリティカ連合王国は、サイティシガ王国より東に位置する異文化の国だ。近隣諸国の動向が不穏な時代、肥沃な土地と霊泉を持つサイティシガ王国は危険がつきまとう。敵の敵は味方

——ということで、遠いストレリティカ連合王国との交流を深めているのだ。

第二王子でありながら、重要な友好国に留学に行き、人脈を広げるのは弟の役目。

（僕は……何のために、王太子をしているのだろう）

暗い気持ちになりかけたのを振り払い、ルイスは笑顔を作った。

「とにかくこちらのことは、僕がなんとかするよ。ケイゼンも気遣いはとても助かるけれど、くれぐれも気をつけて。自分のことを一番に考えなさい」

「わかりました、兄上。一時帰国はしますので、そのときにお互い意見交換しましょう」

「もちろんさ。道中気をつけて」

「……兄上」

「ん？」

「兄上も、父上のように……僕を頼りにしてくれているんですね？」

「ああ、そうだよ、もちろんさ」

兄の信頼を言葉で確認すると、ケイゼンはにかっと歯を見せて笑う。

「それではまた」

会話を終えると魔鏡は急に真っ暗になる。しばらくルイスは弟が映っていた鏡を眺めた。

「……あいつ、随分とこちらのことを気にかけているな。留学は大丈夫なのか？」

口にしながらルイスは思う。

自分が不甲斐ないから、ケイゼンがあれこれと手を回してくれるのだと。

それが役に立っているだけに——兄であり王太子でもあるルイスは、虚しさと無力感を抱かずにはいられなかった。

「母上に陛下のことを伝えに行こう。……僕は少し、王都を離れた方がよいかもしれない」

——一方その頃。

シャーレーンは馬車で、モーセイ辺境伯領へと向かっていた。

二人の王子の母親である王妃イシュリアが王都を離れ、長年静養している土地だった。

第三章　シャルテちゃんの奇跡珍道中

よく晴れた初夏の日和。

シャルテちゃんことあたしと神様は、馬車で一路モーセイ辺境伯領を目指していた。


——話は、逃亡神官トリアスの救出の後に遡る。

彼とロバートソン商会長との顔つなぎをしたあたしは、結局トリアスの記憶は消さない方が都合がいいと判断。二人に向けて、「シャーレーン様の御使」として支援を願い出た。

「これから国中の霊泉の枯渇の調査と仮復旧をさせる旅をいたします。何卒お二人のお知恵やお力をお貸しいただきたい」

「おねがいします、シャーレーン様がとっても悲しんでいるんです……！」

神様の真摯な態度（あたしが言ってもらったんだけど）に、八歳児らしい真剣な懇願を重ねて訴えると、二人は喜んで支援を快諾してくれた。

——ちょっと面倒なことにはなったけれど。

「なるほどね、シャーレーン様の御使……だから……似ていたんだね……」

支援を願い出たあたしをまじまじと見ながら、商会長はしみじみと言った。その眼差しに冷や汗が溢れる。

「黙っていてごめんなさい……」

「とんでもない。立派な役目を仰せつかっていたのだから口が固いのは当然さ。けれど俺を信じてくれたんだね、シャルテちゃん？」

「え、へへへ〜」

神様曰く、彼は根っからの敬虔なシャーレーン・ヒラエスの信奉者らしい。

商会長は旅支度の手配と各地の仲間への連携をとってくれ、また神官トリアスは旅慣れないあたしたちへの旅の手配や各種手続きを代行してくれた。ありがたい。

手続きをしながらトリアスは興奮気味に「僕、元々巡礼神官だったんですよね！」と言った。各地の教会や関連施設の困りごとを解決して回る職業だ。

「旅慣れてますし、僕もついていってもいいですか？」

「嫌だ」

「えー、そこをなんとか」

「神の意思に逆らう気か？」

「あっなるほど！　それが土地神カヤのご意思なのですね！　承知いたしました！」

——まあ、確かに、紛れもなく土地神カヤの御意思だけどさ〜。

神様の嫉妬が怖い。

ちなみに、馬車は『馬精霊《ニルコーン》』を使っている。揺れもなければ糞もしない。魔力を与えれば食料も要らない便利な馬だ。この馬なら宿がなくても馬車泊ができるし、馬精霊は特殊なため盗賊なども手出しを恐れ、トラブルに遭いにくい。しかも透き通った白馬で、可愛い。便利な馬だ（二回目）。

「シャーレーン、昼だ」

神様が朝に宿場町で買ったバゲットサンドを手渡してくる。

「ありがとう」

あたしは受け取り、いただきますを言って食む。八歳児の小さな口ではなかなか食べるのが難しくて、しっかりバゲットを押さえて、端っこからちまちま食べる。神様が微笑ましそうに見ていた。

「焼き菓子も買った。食後に食べるといい」

「美味しいけどそんなに食べてたら、すぐ丸くなっちまうぜ？」

あたしはつい苦笑いする。神様の膝の上に置かれたバスケットの中にはバゲットサンドだけでなく、ドーナツやマフィンといったスイーツまで入っている。水筒に入った飲み物は無糖のお茶なので、まだすっきりしているけれど。

「シャーレーンならどんな姿でも可愛いから問題ない」

「はは、神様からしちゃそうだろうけどさあ」

「シャーレーンの魂は神に近いから、シャーレーンが望まないなら太らないし」

「待て、知らねえよその話」

「ふふ」

「おい笑ってごまかすなよ、おい」

問題があることなら神様も言うだろう。そう思ってあたしは窓の外の景色を眺めた。馬車の通る街道の両脇は青々とした美しい小麦が揺れている。天気も最高だ。

あたしたちが辺境伯領を目指している理由。それは辺境伯領が王妃イシュリア様の実家であり、彼女が長期にわたって静養している場所だからだ。

聖遺物を破壊するには、『シャルテちゃん』として中枢領域に潜り込む必要があり、安全のために後ろ盾がほしかった。神様も敵を特定できていない現場では、ゴリ押しして突破するよりも穏便に中枢領域に潜り込みたい。

――そこで目をつけたのが王妃様だ。

王妃様と実家の辺境伯家は、ルルミヤ・宰相派、大神官派、国王派のどれからも独立した勢力を持つ。軍事的要であり豊かな領地なので、他派閥の顔色を窺う必要がないのだ。そして王妃様はノブレス・オブリージュの心を持つ人だったと（だからこそ野心家で利益でしか人を見ない国王と折り合いが最悪だったんだが）。

王妃様に「保護するべき聖女」と思ってもらえれば、彼女と辺境伯家を後ろ盾にできる。シャルテちゃんが聖女に舞い戻るのは、この道がベストだ。

またトリアスの情報によると、殿下はルルミヤ・宰相派、大神官派、国王派の間の板挟みになって病んでいるらしい。王妃様が親心として「息子の力になれば」と、シャルテちゃんを送り込んでくれる可能性は十分にある。

「しかしシャーレーン。王妃は具合が悪いのではないのか？　うまくいくのか」

「大丈夫。静養とは名ばかりで、単に国王との折り合いが悪過ぎて別居してるだけなんだ」

「仲が悪いのか。夫婦なのに」

神様がちょっと悲しそうな顔を見せた。

「ああ、そういえばまだ神様には詳しく話してなかったな。……えっと。国王は王太子ルイス殿下を冷遇し、自分に似ている第二王子ケイゼン殿下を溺愛しているんだ。んで、イシュリア様は二人を平等に教育すべきだと主張していたらしいが、……まあ説得は無理で。そのまま静養という名目で王妃は実家に帰されているんだ」

王族の離縁は現行の王政法では物凄く面倒だ。すでに王子が二人も生まれているし、国王にとって険悪な王妃様は追い出すのが一番、というわけだ。

「人間は難しいな、夫婦なのに愛し合えないとは」

「まー、綺麗事だけじゃ済まないことも多いしな」

「俺は幸せだ。シャーレーンが妻《つがい》だから」

硬い表情を僅かにほころばせ、神様があたしをうっとりと見つめている。

あたしはバゲットサンドを飲み込み、ごほん、と咳払いした。

「ま、辺境伯領は王都からも遠いし、怪しい聖女護衛騎士団の目からも逃れられるだろう」

あたしたちは窓の外へと目を向けた。

神様がぽつりと「楽しみだ」と呟いた。

「俺も神になって以来だから。霊泉を出るのは。……だから全てが目新しくて面白い」

「そうか……」

神様は長い間、たった一人で初代筆頭聖女が生まれ変わるのを待っていたのだ。

形見の聖遺物に貫かれ、その痛みに寂しさを紛らわせながら。

急に切なくなって、あたしは神様の手を握った。

「なあ、神様」

「ん」

「これからは、二人でたくさん楽しもうな」

「……シャーレーン……」

神様が真っ黒な目をぱっちりと見開く。

抱きしめられるかと身構えたが、神様ははにかんで幸せそうにするばかりで、それ以上激しいことはしなかった。それもそれで照れる。

「ありがとう、シャーレーン」

あたしの両親は仲の良い夫婦だった。あたしの夫婦像の理想はそこにある。

◇　◇　◇

馬車は、出発から二週間をかけて辺境伯領へと到着した。

モーセイ辺境伯領の中心地、ケィニガウニス。

商業の気風が強いマケイドとは対照的で、街が城砦に囲まれ、丘陵の上に築かれた城と、麓の市街地で構成されている。典型的な防衛都市だった。

あたしたちはロバートソン商会長の紹介のおかげで、スムーズに街の高級ホテルにチェックインできた。

荷物を置いて身軽になったあたしたちをロビーで待ち受けたのは、神官トリアスが取り次いでくれた街の神官だった。

黒髪短髪の若い神官ヒースサマヤは、背筋を伸ばして辞儀をした。

「神官トリアスから聞いております。お待ちしておりました、御使カインズ様、シャルテ様。私がケィニガウニスの主要霊泉へご案内いたします」

「シャルテです！　よろしくおねがいします！」

第一印象が肝心だ。あたしはにっこり笑ってお辞儀をする。ヒースサマヤが顔を手で覆った。

「う、可愛い……おっと失礼。よろしくお願いします、シャルテ様。お兄さん怖くないですよ」

「褒めてくれてありがとうございます！　でもわたしをあまり褒めると、夫が怖い顔するから気をつけてくださいね？」

「お……夫」

「ああ、夫だ」

神様が怖い顔をしたままあたしの肩を引き寄せる。

ヒースサマヤは色々な感情が錯綜した顔でポカン……と硬直していたが、しばらくして我に返り、ごほんと咳払いして立ち上がった。

それから、あたしたちはヒースサマヤの案内で、街の中心部にある教会へと向かう。街の霊泉の管理は教会なのだ。教会から湧き出した霊泉が張り巡らされた霊泉水道を通り、街のあちこちの浴場などに供給されているのが一般的だ。

教会の扉を開く前に、ヒースサマヤは声をひそめて言った。

「神官長のザイン老は少々気難しい方なので、気を悪くしたら申しわけありません。会ってくれるところまでは交渉できたので、後は……」

「がんばります。ありがとうございます、ヒースサマヤさま」

「うっ……可愛い……人妻……幼女……なんてことだ……」

ヒースサマヤはぶつぶつと呟きながら胸を押さえて扉を開く。大丈夫か教会の神官。

扉を開いて真正面、祭壇の前から大義そうに振り返ったのは、気難しいを絵に描いたような険しい顔をした老神官だった。

「……シャーレーン様の御使とは、そこの小娘と男か」

値踏みするような眼差しで上から下まで眺め、老神官はやってくる。

あたしは上品な微笑みを浮かべ、気持ち低めの大人っぽい声で、老人に向かって言った。

「『久しゅうございますね、ザイン老。治癒した足は今も息災ですか？』」

あたしが呟いた瞬間。

昔なじみのザイン老は、大きな音を立てて祭壇の高い位置から転がり落ちた。

「シャ、シャーレーン様ッ！？！？！？！？！」

「はわ……わたし、また『降臨《おろ》しちゃってましたか』？」

あたしはわざとらしく、神様を見つめて拳を口元に寄せてぶりっ子をした。

「あばばばばっ、ばっ……シャーレーン様が……わしのももも、下に……ガクッ」

神官長、ザイン老はそのまま泡を吹いて気絶した。


彼が意識を取り戻したのは、ヒースサマヤによって寝室に寝かされた、半刻後の話だった。

「……いやあ、驚きました。まさかシャーレーン様を降臨《おろ》せる御使がやってくるとは」

最初の警戒心はどこへやら。ザイン老はいそいそと、あたしと神様を丁重に主要霊泉の湧く裏手へ案内してくれた。

「ええ、姿形は子供でもすぐにわかりました。降臨したお言葉もお顔もお声も、全てあのシャーレーン様そのもの。……王都でお会いしたときわしの足を癒やしていただいたことはわしとシャーレーン様しか知らない事実。ああ」

先ほどまでの仏頂面はどこへやら、ザイン老は早口でまくし立てながらシャキシャキと起き上がり、サクサクと教会の裏手へと案内してくれる。

教会の裏手に入り庭を進むと、むっとする湿度の高い熱が漂ってきた。煉瓦造りの扉のない、東屋のような小さな聖堂が見えてくる。

中心に噴水のように霊泉が湧き立っていた。

「湯量は……少ないですね」

あたしは聖域に入る前の礼拝を捧げた後、霊泉を確かめた。通常ならブシャーッと成人男性の頭上くらいまで吹き出しているはずの霊泉が、八歳女児のあたしの目の高さほどしか湧いていない。これではこの街の全てに影響が出ているだろう。

神様がぺろ……と霊泉を舐めた。あたしは声をひそめて尋ねた。

「……どうだ？」

「俺の味がする」

「だろうな」

確認しているそぶりをしながら、神様は袖口からそっと小さな蛇を源泉に落とす。蛇が元気に穴に潜っていくと――ブシャーッ！！　と、勢いよく霊泉が溢れ出した！

後ろで様子を窺っていた神官二人が悲鳴をあげる。

「う、うわー！」

「ぎゃー！」

ノーガードで霊泉を真正面から浴び、あたしもべしゃべしゃだった。

「あたたかくて気持ちいいけど、ずぶ濡れだな、こりゃ」

「問題ない。俺が乾かす」

同じ距離で霊泉を浴びているはずの神様は全く濡れていない。神様があたしにそっと手をかざすと熱風を浴びる感覚がして、そのまま髪も服も全部カラッと乾いた。

「ありがとう」

「人間は服を纏うのが不便で大変だな」

「そりゃな……」

――待てよ、神様あんたが着てるその一張羅の黒い服はなんだ。服じゃないのか？

思ったけれど今は深く追求している場合ではないだろう。

聖堂から出ると、へたり込んだ神官二人が手と手を取り合い、あたしたちを見上げて「ははあ」と頭を下げた。

「さすがシャーレーン様の御使ご夫婦！　霊泉が、今までわしが見たこともない湯量に‼」

「はわわ、尊過ぎて私どうにかなりそうです‼　最高ですッ！　あ～～シャルテちゃん～」

――おいおい。あんたら神官だろ。幼女《あたし》じゃなくて神に感謝しろよ。

思ったけれど口には出さず、あたしは恐縮しきった愛想笑いをする。

「そんな……頭をあげてください。神様からの贈りものを二人で出やすくしただけです。祈るのであれば、ぜひ神様に」

「ははあッ！　さすがシャーレーン様の御使の方ッ！　謙虚でいらっしゃるッ！」

「どんなときも神様を思うなど……ッ！　さすがですっ！」

「うーん、ほんとに神様の力なんだけどな……」

聖堂の裏手から談話室に向かいながら、あたしは神様に、ちょこっと手で詫びを入れた。

「ごめんな。あたしが功績取っちゃったみたいで」

「シャーレーンの成果だ、胸を張るといい。……俺はシャーレーン以外の人間は興味がない。わざわざ霊泉の手入れをしたのもシャーレーンのためだから」

「……ありがとよ」

苦笑いしながら感謝を告げる。本当にうちの神様は、あたしのことしか見ていない。

――その後、教会の談話室のソファにて。

時々神様に代弁してもらったりしながら、教会に『シャーレーン様の言葉』を伝えた。

霊泉は巡礼で一時的に回復できるが、王都の土地神カヤを祀る大聖堂の霊泉に行かなければ抜本的な解決はできないこと。これからあちこちの教会を巡るので何かあったときは力になってほしいということ。

そして肝心なことを最後に付け足した。

「本当はシャーレーン様は『聖女として大聖堂の霊泉に行きなさい』とおっしゃってるんです」

「ならばあちこち回らずとも、直接王都の教会総本山に向かえばいいのでは？　治癒異能を持つシャーレーン様の御使でしたら、すぐに聖女寮に入れるでしょうに」

ここが演技のしどころだ。あたしは表情を曇らせ、小さな手を口元に当てて視線を落とす。急に暗くなったあたしに、神官二人は身を乗り出す。

「あの、シャルテちゃん……大丈夫ですか？」

　まつげを伏せ、あたしは震える声で訴える。

「……シャーレーン様が『聖女護衛騎士団には気をつけなさい』と……わたしには詳しくはお話ししてくれないのですが……とても、怖いことがあったらしくて……そのことがもしかしたら、神様を怒らせたんじゃないかって……」

　わっと顔を覆うあたしの背中を、隣に座った神様が撫でる。

　いっしょうけんめいがんばるいたいけな八歳児の告白を前に神官二人は顔を見合わせた。

「ザイン老。シャルテちゃんの言葉は信じがたいことかもしれませんが、私は……！」

「みなまで言うな、ヒースサマヤ。わしもシャルテ様の言葉は信じる。先ほどからの話の端々には、実際に聖女寮に入らないとわからない話が多く交えられている。わしも若い頃は聖女寮に赴任していたから、シャルテ様の言葉に嘘偽りはないと確信している」

「ということは、やはり土地神カヤの加護が失われたのは教会総本山に問題が……」

「ああ、そのようだ」

「信じてくださってありがとうございます……！」

「いやいやいや当然ですとも」

「はあシャルテちゃん推せる」

　目を潤ませてお礼を言うと、二人はにっこにこになった。

「当教会は御使のお二人を支援いたします。こちらも新たな情報が入りましたら必ずお知らせしましょう」

「ありがとうございます！　よろしくお願いします！」

「うまくいったな、神様」

教会を出たのち、あたしたちはケィニガウニスの市街地を歩いていた。露店が並ぶ公園のベンチに座り、鳩を追いかけ回して遊ぶ子供たちを眺める。足を組もうとすると椅子が深くて後ろに転がりそうになる。神様が薄く微笑んだ。

「これからは予定通りやるのか、シャーレーン」

「ああ。モーセイ辺境伯領のあちこちの教会に行って、霊泉を修復していく。でもあまり急ぐつもりはないさ。急ぎ過ぎて辺境伯領に滞在する大義名分がなくなっちゃあ意味がないからな」

——目的は王妃に存在を認知されること。一ヶ月滞在してみて成果があげられなかったら、次はトリアスが繋いでくれた縁故を利用して、領地を転々としてあちこちの霊泉を修復する旅をするつもりだった。

「まあ、だから今日はもうやることはないかな。……ねえ、神様」

「ん？」

「デートしようよ」

「デート？」

「そ。役目だのばっかりじゃ息がつまっちまう」

あたしは立って神様に手を差し伸べる。神様は目を瞬かせつつ、手を取ってくれた。

「一緒に散歩して、街を眺めて、美味しいもの食べよう」

「シャーレーンがしたいのなら」

「決まりだな」

あたしは笑って、神様を引っ張って歩き出した。

「じゃああの時計台に行こう。神様が知ってる景色とどんな風に違ってるのか教えてよ」


――その後はあっという間だった。

時計台に登って見晴らしの良い景色に興奮したり。ぐねぐねと曲がる石畳の街並みの雰囲気を楽しんだり。生まれて初めて喫茶店に入って、小さなお菓子がたくさん詰まれたアフタヌーンティーを楽しんだり。

「神様を楽しませたかったのに、あたしばっかり楽しんでるみたいだな」

花の形の砂糖を紅茶に溶かしながら、あたしは小さく肩をすくめる。神様は片肘をついてあたしを眺めながら、穏やかな顔で微笑んでいた。

「シャーレーンが楽しいなら俺も楽しい」

「本当かぁ？　なんかやりたいこととか行きたいところがあるなら言えよ。あたしで付き合えるところなら付き合うからさ」

「本当だ。……シャーレーンを通じて、人として楽しむというのは……楽しいというのは、こういうことかと識《し》っている。シャーレーンと夫婦《つがい》になれてよかった。興味深い、あなたは」

「……ふふ。それならいいけど」

神様のストレートな言葉にもだんだん慣れてきて、あたしも笑顔で受け止める。

神様が一瞬動きを止める。そして口元を片手で少し覆って——目を逸らした。

「なんだよ。見惚れたのか？」

「眩し過ぎる」

「それなら何よりだよ、神様《ダーリン》」

かわいこぶって言うと、神様は無表情に戻る。

「他の男にするような顔をしなくてもいい。あなたの本当の笑顔だけ見ていればいい」

「……めんどくさいなあ、あんたは～」

ぶりっこをハズした照れを感じながら、あたしは紅茶を飲んでごまかした。


そんなこんなで翌日からも一週間ほど、このホテルを起点としてあちこちの小さな教会の霊泉をチェックしては癒やしていった。街遊びもしっかり楽しんだので、神様との話題も増えた。夜寝る前、二人で明日は何をしたいのか遊びの計画を立てるようになった。ベッドに街でもらった美味しい店のチラシや、歌手の野外公演の日程メモを散らしてあれこれと話していると、神様がふと噛み締めるように呟いた。

「人間の夫婦らしくて嬉しい」

「人間の夫婦なら、こんな風に遊んでばかりじゃいられないよ」

「そうなのか？　じゃあ人間じゃなくてよかった」

神様が薄く微笑んで、あたしの髪に口付ける。

何匹も出現していた蛇も甘えるように、あたしの手に絡みついた。

楽しい日々は、まるでずっと続くように感じていた。

◇◇◇

――そして八日目の朝。ついにバカンスの日々は終わりを告げる。

早朝から、ホテルの偉い支配人が部屋にやってきたのだ。

「突然恐れ入ります。……カインズ様、シャルテ様にお呼び出しのお手紙が届いております」

「どこからですか？」

背伸びして手紙を受け取るあたし。神様と二人で手紙を覗き込み――顔を見合わせた。

手紙に捺された真っ赤な封蝋は、間違いなく王妃様の手紙であることを示す紋章だった。

迎えに来た馬車には辺境伯領の家紋が掲げられていた。辺境伯領の従者はあたしたちを乗せるとまっすぐに、丘陵の上に鎮座する城へと連れて行った。窓から見える景色がだんだん高くなっていくと、丁重に扱われているものの逃げられない、という心地になる。

身分証（神様が偽造した例のやつ）を渡し要塞然とした石造りの頑強な城に入城する。あたしたちはさっそく応接間へと案内された。

家具と間取りが明らかに、その辺の平民を入れる場所じゃない。

「……聖女として呼ばれたな、これは」

元王太子の婚約者の筆頭聖女とはいえ、数ヶ月は野良猫のように過ごしていたので緊張する。

金糸の刺繍が張り巡らされたソファに並んで座っていると、神様がそっと手を握ってくれた。

「シャルテ。今のあなたはシャルテだ。……子供なのだから、なんとでもなる」

「神様……」

「それに俺もいる。万が一のときは、こうするから」

神様の袖口から出てきた白蛇が、シャーッと口を開けて威嚇してくる。妙に可愛らしく見えてつい笑ってしまう。

「神様のその子に頼らないように、頑張るよ」

従者の足音が近づいてくる。蛇をしまって立ち上がる。無駄話は終わりだ。

「よく来てくれたわね」

王妃イシュリア様は、鮮烈な赤のドレスを纏ってやってきた。

御齢四十歳ではあるけれど一目で年齢がわかる人はまずいないだろう。威厳は年齢より上にも見えるし、佇まいの美しさは若々しくも見えるし、真っ赤なドレスを纏った華奢な手足は上にも見えるほどやつれている。銀髪をダイヤをちりばめたコサージュでまとめて、赤い口紅にきりりと描いた眉が気丈さを感じさせる。どこか現実離れした、不思議な印象を与える人だ。

シャーレーン時代には二度ほど会ったことがあるが、そのときの印象と変わらない。

形式的な儀礼を終えたのち、腰を下ろした王妃様はさっそく扇子を広げてこちらをじろりと値踏みする。緊張で汗が流れるのを感じていると、彼女は唐突に口火を切った。

「礼儀作法は習っているようね。貴族の生まれかしら？」

「わたしは礼儀作法や王家の方々のことは、シャーレーン様から教えていただきました」

王妃様は頷くと、視線をあたしから神様に向ける。

「あなたがたは『シャーレーンの御使』として奇跡を起こしていると。あの者は……異世界からあなたの奥方に何を伝えているのかしら？」

ちなみに王妃様はシャーレーンが異世界人だと信じている側の人だ。

あたしは神様の口を借りて答える。

「『それは実際にお目にかけた方がよいでしょう』」

神様に言わせた後、あたしは顔を下げて顔を隠し、髪に魔術をかける。さらさらとまっすぐになった金髪で、あたしは筆頭聖女の顔を作る。

立ち上がり、顔を上げて微笑んだ瞬間、王妃様も従者も目を丸くした。

「あなたは……！」

「『お久しぶりでございます。元筆頭聖女——シャーレーン・ヒラエスでございます』」

あたしは辞儀の姿勢のまま続ける。

「『礼を欠いていることを承知で申し上げさせてください。私は教会で殺されました』」

「なんですって……⁉」

「『調べれば証拠は出るはずです。中枢領域内の聖女寮で筆頭聖女が殺されるという事態と、国の危機を知らせるべく、こちらにシャルテの体を借りて戻って参りました。ところで……各地で霊泉の供給量が減り、教会総本山の霊泉が涸れてしまったのはご存知でしょうか』」

王妃様は真剣な顔で頷く。

「ええ。けれどそれは極秘の情報だったはず。中枢領域外にはまだ出ていないはずよ」

「『聖域にある聖遺物をなんとかしたいのです。あれが神の力を阻害しています。どうかこのシャルテをあそこにいけるように王妃様のお力をお借りしたく存じます』」

王妃様はすぐに従者を呼び寄せ、ひそひそと耳打ちする。おそらくあたしの言葉の真偽を確かめさせるのだろう。すぐに従者は部屋を飛び出していく。

王妃様はあたしに向き直った。あたしは最後に深く頭を下げた。

「『王妃様。私の言葉やシャルテ、この男が信用できないと思われるのでしたら、ぜひ調査してください。そして国のため、このシャルテをお使いください……』」

あたしはガクンと体から力を抜く。神様があたしを受け止めた。

魔術を解いて髪をふわふわのくるくるに戻し、あたしはハッと我に返った顔をする。

「はわ……わ、わたし、王妃様の前で眠っちゃってました……!?」

シャルテちゃんの口調で大げさにうろたえて見せる。神様以外の居合わせた人全てが、まるで化け物を見たかのような蒼白な顔でシャルテちゃんを凝視していた。

「……あなた方は今日は帰りなさい。追って沙汰を出します。それまで宿から出ないように」

あたしたちは城から追い出されるように出て行かされた。よっぽど不気味に見えたのだろう。

「さあて、しっかり調べてシャルテちゃんを信用してくれよ？　王妃様」

宿から逃げるように去る馬車を見送りながら、あたしは呟く。

調べられた上でもし、シャーレーンが場末の女だとバレてもそれはそれ、そのときの問題だ。

とにかくシャルテちゃんが聖域に行くための後ろ盾が今はほしい。

◇◇◇

翌日から、あたしと神様は城で暮らすことになった。

しかし辺境伯家の人々から使用人までみんな一様にあたしを不気味がっていたので、あたしはしばらく「聖女異能をみんなに証明しますね！」という体で、皆々様の怪我や病気を一気に治癒した。

「すごい、虫歯で失った歯が蘇った……！」

「流行病でぼろぼろになっていた肌が元通りに……！」

「持病の花粉症まで楽になるなんて！」

不気味で人間離れしていようが、幼女が一生懸命、広い城の中をとてとて歩き回り笑顔と異能を振りまけば印象も変えられる。

滞在して一週間も経てば、城の皆さんはすっかりシャルテちゃんを受け入れてくれた。

最初に不気味に思わせて好感度を下げておいたので、好感度を上げるのは簡単だった。

——ちなみに本来、聖女異能を使うと聖女は肉体疲労や寿命の短縮といった代償を払う。しかしあたしの場合はどれだけ異能を使ってもアリ、らしい。

神様曰く「半分くらい人間じゃないから」らしく。

元々強かったあたしの聖女異能は死にかけてからはいよいよ人間離れして、今ならほぼ無限大に使える。うーん、聖女異能に魔術に、チートじゃん。

——そんなこんなで十日目の朝。あたしの着替えを手伝いながら侍女が告げた。

「朝食後、王妃様がお呼びです。時間になったら離れまでお送りいたします」

「はーい。今日も一人ですか？」

「はい。シャルテ様一人で来るように、と」

侍女の言葉に、あたしはぶりっこの笑顔で「はーい」といい子に答える。

城に滞在するようになってからというもの、ほぼ毎日、最強聖女シャルテちゃんことあたしは頻繁に王妃様の話し相手になっていた。あたしという聖女を値踏みするためでもあるだろうが、きっと王妃様は退屈なのだ。

王妃様の今の立ち位置は、離縁ではなくあくまで『静養のための別居』状態。辺境伯は王妃様の実兄で、兄妹の中は良いらしいが王妃様は辺境伯家に遠慮して城内の離れに暮らしていた。

立場上好きに社交をするわけにも行かず、かといって辺境伯家の内政を手伝うわけにもいかない。彼女の暇つぶし相手として「面白い子供」はうってつけなのだろう。

　時間になって部屋に向かうと、さっそくあたしは王妃様の着せ替え人形になった。

　権威を示す大きな姿見の中には赤いフリッフリのドレスを着せられたあたしがいて、その後ろでは王妃様は他のドレスを侍女に持たせて厳しい思案顔を見せている。

「いいわね、シャルテ。あなたは瞳に合わせた赤いドレスがよく似合うわ」

「え、えへへへへ……」

「笑顔が硬い。背筋を伸ばしなさい。聖女候補生らしく気品を身につけなさい」

「は、はいッ」

　ドレスはそれなりに重たいので疲れるけれど、王妃様は待ったなしだ。

「――そうね。この装いは『蒼海を照らす夕陽』と名付けましょう。夕日に染まった波打ち際を想起させるスカートに、波飛沫の輝きのような波打つ金髪、そして太陽の瞳――」

「王妃様、あの……聖女として王都の中枢領域に行くときのドレスを用意してくださっているのです……よね？」

「そうです。中枢領域に向かうには相応の服装が必要なのですよ」

「派手過ぎませんか」

「とんでもない。これくらいは最低限ですよ、シャルテ」

　キリッとした眼差しで王妃様は断言する。

——王妃様はこの十日間のうちに、あたしを聖女として教会に推薦してくれると約束してくれた。王妃様の後ろ盾があれば怪しい聖女護衛騎士団の連中も迂闊な手出しができないはずだ。いくら追放されたお飾りの王妃様とはいえ、彼女への不敬は国王、王子二人と辺境伯家への不敬でもある。自分を守る盾としては最強だった。

しかし。そのためのドレス選びとしては。これは……。

「あ、あの……わたしなんかに……もったいないですよぉ」

あたしは遠慮がちに言ってみる。聖女のイメージは白百合。純潔さと高貴さを示す真っ白な聖女装束を模したドレスで王都に行くならともかく、王妃様が準備してくれている服は、どう考えても——派手だ。

「シャルテ。これは王妃の命令です。大人しく着られていなさい」

「は、はいッ」

「さあ次のドレスはこちらです。次は夏至祭の刺繍が施された緑のワンピース。ヘアスタイルは薔薇園をイメージしたフラワーシニヨンに。そうね、生花を挿すのも良いでしょう！」

いつまで拘束する気だ！　あたしは内心で悲鳴をあげる。完全に趣味で着せ替え人形にされるしかなかったが——まあ仕方ないだろう。王宮からは厄介払いされ、実子と過ごすことも叶わない王妃様の虚しい心の隙間。それをシャルテちゃんで埋められるなら、好きにしてもらいたい。

「さあ、どうかしら」

あたしの着替えを終えると、王妃様が満足げに鏡を見て頷いている。楽しそうで何よりだ。

「はい！　とってもかわいいです！　……ん？　……ヒッ！」

視線を感じて辺りを見回す。そして思わず悲鳴を飲み込んだ。

「どうしたの？　シャルテ」

「あ、ああ……なんでもないです！　緊張しちゃってて！」

「さ、背筋を伸ばしなさい、シャルテ。あなたの魅力を最大限に活かすのです」

「は、はいッ」

あたしはなんとかごまかす。部屋の中のあちこちから、白い蛇の顔が覗いていたからだ。一匹、五匹、十匹……だめだ、これに侍女や王妃様が気づいたら大騒動になる。

気づかない王妃様は、気が済んだのか侍女にアフタヌーンティーの準備を命じる。

「休憩にするわ、シャルテ。今日は美味しい紅茶があるの。あなた、茶葉に興味はおあり？　聖女となるのですから教養も必須です。ついてきなさい」

「はい」

振り返ると蛇は消え、アフタヌーンティーのテラスで再会することになった。

・・・

お勤めを終え、あてがわれた客室へ戻ると、神様がソファに横になっていた。

音もなく身を起こすとあちこちから蛇が集まって神様に収束する。

「おかえり、シャーレーン」

「神様ぁ。蛇、もう少し目立たない護衛にできないのか？　びっくりすんだよ」

「ところでシャーレーン。新しい情報だ」

「あたしの要望にたいする返事はなしかよ。——で、新しい情報って？」

両手に絡ませた蛇から話を聞きながら、神様が言う。

「国王が原因不明の病で寝込んでいるらしい。第二王子も見舞いで帰国の路についていると」

「おいおい……第二王子まで呼び寄せてるってのは、色々深刻だな」

「後……最も近くの国境、魔物の侵入を防ぐ結界が綻び始めているようだ。辺境伯領の騎士団が討伐に向かい多くの者が負傷したようだ」

「な、なんだって……霊泉が涸れているのと同じように、神様が聖遺物を千切ってきたことの代償か？」

「違う。国の守護に関しては聖遺物が残っている。普通はすぐに結界が綻びることはない……これは……聖遺物の加護を脅かすような、外部の強い力が中枢領域内に侵入しているということだ」

神様の目は金色だった。状況が切迫しているのを示している。

あたしは立ち上がった。

「すぐに辺境伯と王妃様に言おう。それと帰還する騎士団の治療をさせてくれって」

部屋を出るとすでに外は騒然としていた。

「シャルテ。あなたは子供なのだから城の中にいなさい」

王妃様の言葉に胸があたたかくなる。

そうだよな、聖女とはいえガキに治療させるなんて普通なら躊躇うよな。

しかしあたしはやるしかない。シャーレーンを降臨《おろ》して、あたしは願った。

「『お願いです。シャルテに私の力を与えております。この子を使ってください』」

◇◇◇

それから夜まで、あたしは城下町でケィニガウニスの神官たちと共に、帰還した騎士団の迎えの準備と治療に奔走した。

松明の明かりが煌々とした城の広場で、汗だくのヒースサマヤが叫ぶ。

「シャルテちゃん！　重傷者が来た！　対応できる⁉」

「まかせて！」

あたしは並べられた負傷者を、重傷者から順番に治療する。

『神よ、善き信仰者に治癒の祝福を』

手をかざして聖女異能を発動させると、あたたかな光が負傷者を包み込む。あたしは彼らの枕元に跪き、一人一人に祈りを捧げ、異能を発動させた。

神様は闇に溶けるようにあたしに寄り添い、黙々と治療を手伝ってくれた。

八歳児の力では騎士の鎧を外したり、体を支えたりするのは困難だ。何よりこうしてどんどん治療できるのは神様のおかげだ。

「ありがとう、神様」

治療の合間にお礼を言うと、神様は口元をにこりとさせる。

ささやかな意思疎通を交わしながら、最後の一人になるまで治療は続いた。

「聖女ちゃん、俺は大丈夫だよ。怪我はしてないから」

あたしに遠慮しようとする騎士に、あえて首を横に振って指摘する。

「右足の小指、少しかけていらっしゃいますよね。……こちらも癒やします」

「なっ……十代の頃にやらかした怪我だ、無茶だ」

あたしは微笑む。意図的に『筆頭聖女シャーレーン』を降臨《おろ》しながら。

「『私がここであなた様と相見えたのも何かの縁でしょう。体を楽にしてください。すぐに癒やせます』」

あたしの働きぶりに驚いたのか、いつの間にか城中の人々が野次馬をしていた。

呆然と立ちすくんだ王妃様が呟くのが、耳に入った。

「筆頭聖女シャーレーンの再来だわ……」

――その後。

あたしは治療を済ませた後は八歳児特権をフルに利用し、後始末や報告をスキップしてそのまま寝室でぐっすりと眠った。

◇　◇　◇

それから二週間。

城の中が落ち着いた頃に、あたしと神様は騎士団の皆さんに送られて国境まで向かっていた。『シャーレーンの御使』として結界のヒビ割れを修復するためだ。

馬車が隊列を組み、あたしと神様の乗る馬車を囲むように守ってくれている。窓の外に見えるのは一面の原っぱ。あちこちで牛が呑気に草を食んでいる。ぽかぽか陽気の行楽日和だ。

「ふえ……眠くなる」

「眠るといい」

「そういうわけにもいかねえだろ、騎士の皆さんは真面目に働いてんのに」

そんな会話をしていたあたしたちだったが、途中の昼食休憩で馬車が止まった瞬間、認識は一変する。彼らはキビキビと大声で集まったかと思うと、一糸乱れぬ敬礼をし——あたしにピクニックバスケットを見せた。

「シャルテちゃん様！　ランチしましょうランチ！」

「いい感じの丘の上にシート敷いたので、行きましょう！」

「わ、わあ～……」

あまりの勢いに思わず神様の後ろに隠れると、筋骨隆々の騎士団長がうろたえる。

「あああ、シャルテちゃん様を怖がらせるつもりはなかったんですよ～ッ」

「だ、だいじょうぶです……びっくりしただけです……えへ」

「ささ、旦那様もこちらへどうぞ。お二人の席はハート模様のシートを用意いたしました」

「助かる」

あたしとの関係を尊重されたからだろう、神様は珍しく和らいだ表情で頷き、あたしと手を繋いでシートへと腰を下ろす。

「シャルテ。俺の膝に座るといい」

「え、えええと……恥ずかしいから隣に座るね～」

筋骨隆々の騎士たちが乙女のように顔を覆ってキャーと言う。ノリいいな、おい。

そして彼らは手際よく幼女が好きそうな色合いのシートを広げ、幼女が好きそうなお弁当の数数を広げる。

ねこさんの顔が描かれたバゲットに、可愛いピンが刺さった串焼きに——可愛いんだけどよく見るとメニューがエグいな。肉とパンだ。

「みなさんが用意してくれたんですか？」

あたしの言葉に、騎士団の皆さんは顔を見合わせてえへへ、と照れ笑いする。

「俺たち、お二人に助けてもらったじゃないですか。その上に結界の修復までしてもらえるなんて……少しでも直接お礼がしたくて」

「本当なら俺らが守らなきゃいけないのに、申しわけないなって」

「だからほら、せめて道中くらい楽しんでもらいたいんスよ」

「あっ、たんぽぽありますよ！　あげますね！　シャルテちゃん様！」

「バカッ、たんぽぽなんて、馬がションベン引っ掛けてそうな花、やるなよ！　食事前に！」

「おっといけねえ‼　ガハハ」

「あはは」

浮かれた騎士たちを見て、あたしは素直に笑ってしまう。幼女《あたし》が笑うと騎士のみんなも楽しそうにしてくれた。ほっこりと胸があたたかくなる。

こんなことがあるたびに、聖女でよかった、できることがあってよかったと思う。

ふと隣を見ると、神様も柔らかな表情で彼らを見ていた。珍しい。

「んじゃ、いただきますか！」

「土地神カヤ様！　今日も恵みをありがとうございます！　いただきます！」

「ん」

まさかみんな、本当に神様の目の前で感謝を言ってるなんて、思わねえだろうな～。そう思いながら、あたしも祈りを捧げて食事に取り掛かる。

どれも素材の味がとても美味しくて、素直にもぐもぐと食べていると彼らの顔もバターのようにとろけていった。

神様がふと、彼らに向かって口を開く。

「……ありがとう。あなたたちのおかげで、妻の大切な居場所《くに》が守られている」

あたしは神様の言葉に驚いていた。

お礼を言われた当の騎士団員は、頭を掻いてガハハと笑う。

「そりゃあそうっすよ、領地、ひいては国を守るのが俺らの仕事なんで！」

「感謝されるともちろん嬉しいですけどね！　やりがいだけじゃ命、懸けられませんし」

あたしは彼らの様子を見ながら、なんとも言えない感動した気持ちになっていた。


食事を終え、再び馬車の旅が始まる。

あたしは満たされた気持ちで、隣に座る神様に尋ねた。

「神様、今日はやけに機嫌がいいじゃねえか」

「そうか？」

「あたしが騎士の人たちと話してても怒んなかったし」

「指一本触れないのであれば、多少は許す。信者は信者だ。俺は夫だから」

「あ、あ……ああそう……」

「シャーレーンと共寝ができるのも、湯を共にできるのも俺だけだから」

「昼間から何言ってんだよ、ばか。……それにお礼言うなんて思わなかったよ。人間なんて神様、興味なさそうなのに」

「……こうして人の姿を取り人間と過ごしてみて、心境が変わった」

神様はふっと遠い目をして、しみじみとした風に呟く。

「悠久の時を生きる中で、人間の愚かさばかり記憶に残ってしまっていた。前世のあなたを生きづらくした、ひどい連中だと。けれど……人間は汚いばかりではないな」

神様が噛み締めるように呟く。あたしは神様に肩を預けて言った。

「人間って全部が綺麗なわけではないけど、汚いばっかでもないよ。大半は日々を一生懸命生きながら、その人なりに善良であろうと思っている、ただの人だよ」

「……シャーレーンといると、新しいことにたくさん気づける。嬉しい」

神様があたしにこつんと頭を寄せる。

居心地の良い空気でお互いに微笑みながら、束の間の穏やかな時間を楽しんだ。

「シャルテちゃん様、気をつけてね」

「心配してくれて、ありがとう！　がんばるね！」

馬車に乗せられて国境までやってきたあたしと神様は、見守る騎士団の皆様から離れ、結界に向かって歩いた。

「結界見るの、生まれて初めてだ」

あたしは神様の背丈より少し高い、半透明の結界を見上げる。それの向こう側には鬱蒼とした森が広がっている——魔物の森だ。結界は地平線から地平線まで長く続く城壁のようで、厚みはペラペラで、手で触れるとプルッと揺れて通り抜ける。草木の先もさらさらと風にそよぎ、壁に触れては通り抜けている。

けれど不思議と魔物は通れないらしく、蝙蝠型の魔物が遥か頭上を通り抜けようとしては、ベチンと音を立ててぶつかり、向こう側に消えていく。視認できない場所も張られているらしい。

ヒビが入っている場所はわかりやすかった。ピンク色に淡くピカピカと光っていたからだ。亀裂の大きさはあたしの体ほど。ここにヒビがある！　と思って見るとすぐ見つかるけど、広大な結界の中では見つかりにくいだろう。

　神様が言う。

「手順は馬車の中で教えた通りだ。祈れば、結界全部が修復される——他の場所にヒビがあっても直せる」

「ああ。任せとけ、神様」

　あたしは手のひらをパンと叩き、結界に手のひらをつけ、目を閉じて祈る。

　結界と意識が繋がる。情報量に負けないように意識しながら、小さく呟く。

『結界修繕《ラシアヌ・ク》』

　——ピリッと、全身に痺れが走る。

　瞼の向こう、結界全体が光った。目を開けば結界は綺麗に元通りになっていた。

「うおおお！　シャルテちゃん様！　ありがとう！」

「さすがだぜ‼」

「わーい！　見守ってくれてありがとう‼」

　あたしは八歳児の笑顔で彼らに手を振る。

「ったく、あたしじゃなくて神様を信仰してほしいんだけどな……なあ、神様？」

苦笑いしつつ神様を見上げると、神様は険しい表情で結界を見つめていた。

「……神様？」

「穢されている」

「えっ」

「人あらざる、力に」

騎士団員たちはすっかり盛り上がって、あたしたちの会話は聞いていない。

瞠目したあたしを見下ろし、神様は険しい顔で断言した。

「シャーレーン。全てがわかった。あなたを殺そうとしたのも、中枢領域に入っている不穏な気配も――国外から人あらざる存在が介入している」

「国外から……だと!?」

「ああ。内側から俺を弱体化させ、この国を支配しようとしている」

神様は腹を撫でている。きっとそこには、あのドス黒い色が広がっているのだろう。

「……早く聖遺物を壊して、本来の力を戻さなければ、俺は……」

――神様が、危ない。

あたしは足元が崩れるような感覚に襲われた。

またあたしは、大切な人を守れないのか？

◇　別視点／その頃の王都　◇

その頃。

王都では第二王子帰還を前に、王太子ルイスが国王の寝所に呼び出されていた。

午前中の国王の薄暗い寝室には、香でごまかしきれないほど薬の匂いが染み付いていた。

「陛下。お待たせいたしました」

「近くに来い……ルイス。我が息子よ」

父に近づけと言われるのはいつぶりだろうか。ルイスは淡い喜びを覚えながらベッドサイドから父の手を握る。謎の病により寝込んでからすっかり弱ってしまった父の手は土気色をしていて、ルイスの心は痛んだ。

国王は視線をめぐらせ、寝室に設えられた姿見へと目を向けた。

第二王子ケイゼンが贈ったストレリティカ連合王国産の美しい鏡だ。

「ケイゼンが帰ってくる。あのホースウッドの小娘との縁談を早く進めろ。私の目が黒いうちに結婚まで済ませるのだ」

「け、結婚ですか」

唐突な父の言葉に、ルイスは戸惑う。

「王族の結婚は貴族議会や教会の承認に時間を要しますし……そもそも婚約ならまだしも、任期途中の筆頭聖女との結婚など……神はそれをお許しになるのでしょうか」

シャーレーンやルルミヤとの婚約は、あくまで「婚約」止まり。結婚は筆頭聖女としての任期が明けた後に行う予定だった。

困惑するルイスに対し、国王は冷徹に告げる。

「神は施政者の手駒よ。それ以上でも以下でもない」

国王はルイスを見た。

息をするのも絶え絶えになりながらも、ぎらぎらとした眼光だけはずっと変わらない。

「あの女は放っておくとケイゼンに手をつけかねない。早くお前で首に縄をつけておかねばならんのだ。ホースウッド公爵令嬢とはいえ妾腹の小娘、しかも斡旋婦の真似事などする愚かな跳ね返り――あれはあくまで教会を掌握するための手駒だ」

「陛下……すみません、おっしゃられていることの意味が、よく……」

困惑するルイスに、国王は蔑む眼差しで返事の代わりとする。

妾腹の娘であることはともかく『アッセンフの真似事』？

「ルルミヤを懐柔するのがお前の役目だ。ケイゼンの基盤が固まるまでの中継ぎ、頼んだぞ」

「陛下……」

伝えることは終わったとばかりに、国王は目を閉じる。これ以上の話は無理だと医師が首を横に振る。ルイスは逡巡の末、小さく呟いて礼をした。

「……お大事になさってください。陛下」

ルイスは了解の旨を口にできないまま、逃げるように寝室を後にした。

土地神カヤの守る国の王太子として、聖女のままのルルミヤと結婚までしてしまうなんて、考えたくもなかったからだ。

「……父上は、弟のために僕に教義を破れと仰せなのか……」

――自分こそが、この国の王太子なのに。

父親にとって、母親似で線の細い、気の弱い自分は仮初の王太子でしかない。

王の息子としての期待も愛情も栄光も、全て第二王子のもの。

そしてルルミヤを妻とすれば、ホースウッド家も己を傀儡として操ろうとするだろう。

わかっていたことだ。それでも残酷な現実はルイスを深く傷つけた。


――城の外に出たルイスは太陽の光を浴び、ふと思い立った。

「神に祈ろう」

縋れるものはもはや神しかない。王宮の隣に位置する小高い丘の麓が、教会の総本山だ。土地神カヤの聖堂は山の頂《いただき》にあり、国中の聖女異能者が集められた聖女寮もそこに近い場所に建てられている。

総本山の敷地内にある礼拝堂で祈りを捧げていると、無心になれる気がする。

（このまま、この国はどうなってしまうのか……僕は傀儡で居続けるしかないのか……）

神に祈る。神は返事を返してはくれない。

ここには「すでに神はいない」と、口さがない人は謗《そし》る。教会は荒れ、霊泉が涸れ、そして国王も病に伏せた——そんな噂が立つのも当然だ。ルイスは祈りながら絶望を深めていた。恭しく首を垂れても何も解決しない。虚しさだけが去来した。

礼拝堂の外に出たルイスは、ふと、近くの建物に人が集まっているのに気づいた。

——聖女たちだ。

聖女たちは焼いたパンを詰め、神官たちに渡しているようだった。最近は暗い雰囲気が強かった聖女たちなのに、生き生きと働いている。

ルイスは近くにいた一人の年老いた神官に話しかけた。

「教えてくれ。あれは何をしている？」

「これは王太子殿下……！」

声をかけられた彼は、ぱっと明るい顔になる。そして頭を低くして質問に答えた。

「以前のような民への奉仕活動が難しくなったので、代わりに聖女と神官で焼いたパンを、各地の施設へと届けているのです。聖女たちが寮の敷地内で育てた薬草を練り込んでいるので、滋養に良いと評判なんですよ」

「そうか……そなたたちは挫けず今も、励んでいるのだな」

はっきりと言葉にこそしないものの、シャーレーンの意思を継承した活動なのだろう。聖女たちも神官たちも上層部の混乱で疲弊しているだろうに。奉仕活動をやめようとはしない心にルイスは胸を打たれた。祈るだけで絶望していた己が恥ずかしくなった。

「……ここに神はいるのだな」

「殿下……？」

「神が消えたと噂を立てる者も多いが……神は消えてなどいない。そなたらの心ばえの中に、僕は神を見いだしたよ」

「で、殿下……！」

　神官はみるみる目の端を赤く滲ませ、詫びながら目元を拭った。王太子の言葉として受け取り、胸に迫るものがあったのだろう。

「僕にもささやかながら所領はある。援助を送ろう。……困ったことがあれば、僕の所領を駆け込み場所にしても構わない。できる限り世話をする。ただし……この話は上層部には伝えるな、全て握り込まれてしまうから」

「……ッ！　ありがたきお言葉にございます」

　平伏する神官に、王太子は微笑みを返す。

　すっきりしたくて祈りを捧げにきた教会で、ルイスは確かに神を感じた。そして。

「……シャーレーン……」

　シャーレーンが確かに残した痕跡に、胸が締め付けられる。

　彼女は嘘で塗り固められたハリボテの聖女だったが、聖女としての働きはハリボテではなかった。彼女は仕事を果たしていたのだ。

　自分が今できるのは、彼女の残した成果を少しでも保護すること——王太子だからこそ、できる役目だ。

「待ってくれ」

ルイスは去っていく神官を呼び止めた。

「忙しいのに、何度もすまない。……聖女の実情について聞きたいことがある」

神官の顔がさっと曇る。ルイスは逃すまいと腕を捉えて訴えた。

「……頼む。教えてくれ。僕の婚約者ルルミヤ・ホースウッドがどんな聖女なのか」

「そ、それは……」

「アッセンフとは、どういう意味だ？」

「……ッ……！」

逃れられないとわかったのか。神官は首を振り、すっきりとした顔をしてルイスを見た。己の処断を覚悟した者特有の、澄んだ瞳だった。

「かしこまりました。申し上げられるのは老い先短い私くらいでしょう……王太子殿下への忠義を以て、本当のことをお伝えいたします」

促す神官にルイスはついていく。一歩踏み出すごとに、手足に括り付けられた操り人形の糸がぷつぷつと切れていく心地がした。

（……僕は傀儡じゃない。自分で考えて、行動してみるよ……シャーレーン）

◇　◇　◇

――王太子ルイスが神官と会話した、その翌日。

ルルミヤは朝から上機嫌だった。王太子の方からわざわざ誘いが来たのだ。

その誘いをルルミヤは、第二王子帰国に対する王太子としての牽制だと考えた。第二王子は国王に溺愛されている。王太子が第二王子に並び立つためには、筆頭聖女かつホースウッド公爵令嬢である婚約者ルルミヤの存在が必要不可欠に違いない。

手札として期待されているのだと思うと、ルルミヤは身支度も楽しくなる。自分にとっても、筆頭聖女としての地位をますます確立させていくための絶好の機会だ。

ルルミヤが従者を伴い王宮の庭園へ向かうと、ルイス王太子が物憂げな顔で花を見ていた。

相変わらず陰気な男だと鼻白むが、ルルミヤは愛想良く声をかける。

「王太子殿下、お待たせいたしました」

王太子はルルミヤの顔を見ず、すっと背を向け東屋へと向かう。

「……茶を用意させている。落ち着いて話をしたいんだ」

「承知いたしましたわ」

少しは容姿を褒めてくれてもいいのにと思いながら、ルルミヤは案内されるまま庭園の東屋へと入る。ちょっとした応接間ほどの広さがある場所で、テーブルにはすでにティーセットが並んでいる。

　席についても、王太子はずっと思い詰めた顔で黙していた。

（……なによ。いつにも増してぼんやりしてるんだから）

　心の中で悪態をついた瞬間、王太子がルルミヤをさっと見た。

　美しい碧瞳にまっすぐ見られ、心を見透かされたようにひやりとする。

「ルルミヤ。僕は君との婚約を破棄する」

「…………え？」

「理由を説明しなければ君に不誠実だね。少し長くなるけれど、話させてもらうよ――」

　王太子は冷淡にルルミヤに理由を告げる。婚約破棄の理由は――ルルミヤが筆頭聖女になるまでにやってきたこと、筆頭聖女になってからやってきたこと、その全て。

　色香で籠絡し、神官らを手駒として扱ってきたこと。手駒にならない神官を何人も消したこと。聖女たちに有力者への『接待』をさせ、反抗した聖女を地方に飛ばしたこと。無料治療会が腐敗の温床だと承知の上で再開し、意図的に献金を煽り募ったこと。

「……君がシャーレーン・ヒラエスを陥れたときのような、姦淫の疑惑のような誇張したものではなく、きちんと証拠も揃えているよ。他にも誹謗中傷、暴力行為、殺人教唆から売春斡旋、賄賂の融通まで、調査は進めている」

　王太子はいつになく饒舌で、毅然とした態度をしていた。

　ルルミヤは足元がガラガラと崩れていくのを感じた。己の最後の拠り所が壊れていく。

「王太子殿下、落ち着いてください。……お疲れのようですし、まずはしっかり静養なさって、改めてお話しいたしませんこと？」

「君とこれ以上話したくはない。王太子として国教の教義を破る聖女とは婚約できない」

「王太子殿下……ッ」

「僕と同じで君もハリボテなんだ」

王太子の瞳は、哀れな存在を見つめる色をしていた。

「僕はハリボテでいたくない。……シャーレーンに恥じない王太子でいたいんだ」

シャーレーン。その言葉に、ルルミヤは怒りで頭が真っ白になる。

あの女は下賤の野良猫のくせに、ルルミヤを嘲笑うように神聖化されている。

絶句したルルミヤを前に、王太子は続けた。

「神の加護が消えた理由がよくわかるよ。神を蔑ろにするこの国だが、これ以上破滅させたくない。今誰かが食い止めなければ……僕は国民に顔向けできない」

話は終わったとばかりに王太子は立ち上がった。

その後何度も呼び縋っても、二度とルルミヤを振り返ることはなかった。


「何がハリボテよ！　ハリボテなのは下賤の野良猫のシャーレーン・ヒラエスよ！」

教会に戻ったルルミヤは聖女寮側の庭園、その涸れた噴水の前にいた。側仕えも護衛も人払いし、大股でルルミヤは奥に入っていく。薬草ばかりの地味な生垣を手で払いのけ、畑を踏みにじり、カフェオレ色の髪を振り乱し、叫ぶ。

「わたくしは違うッ！　わたくしは……わたくしは宰相ホースウッド公爵の令嬢にして、筆頭聖女！　ああ、悔しい！　悔しい‼」

ルルミヤのヴェールも筆頭聖女の装束も枝葉で汚れ、裂かれていく。

息を切らせた彼女が行き着いたのは池だった。手前から三層に分けられた池は、それぞれが土地神カヤを象徴する意味を持つ。本来、聖堂の溢れる霊泉は水路を通り池へと入り、ここでぬるくなり庭園の草花を潤わせていた。

今ではただの冷たい、透き通った静寂の池となっていた。

「最悪だわ……」

水辺に座り込み、ルルミヤは水鏡に映った自分の顔を見下ろす。水鏡越しでもわかるほど憔悴した顔がただただ悔しくて、ルルミヤは顔を覆って泣いた。誰かに媚びるためではない、ただただ悔しさと絶望から溢れる涙だった。

王太子の冷めた眼差しと言葉が頭を反響する。

——僕と同じで、君もハリボテなんだ。

「何がハリボテよ……わたくしは……違うのよ……！」

どれくらい泣いた頃だろうか。

ルルミヤが涙を拭い視界を取り戻したところで、水鏡に人影が映っていた。

「誰⁉　人払いはしていたはずよ⁉」

反射的に振り返って叫んだ先に、赤銅色の短髪に背の高い青年が立っていた。眉の凛々しい、男らしい顔を纏った臙脂色の詰襟は金の刺繍がふんだんにあしらわれている。
したその姿は。

ルルミヤは己の目を疑った。

「……第二王子ケイゼン殿下……」

ルルミヤは我に返り、すぐに令嬢の辞儀をする。

「大変失礼いたしました。ご無礼をお詫び申し上げます」

「気にしないで、筆頭聖女ルルミヤ。ここに僕がいるなんて誰も思わないだろうからね」

「お早いお帰り、嬉しく存じます」

「僕が留学している連合王国は、魔道具開発が活発なんだ。転移装置さえ置いておけば、遠隔地に行くのも容易い……人数制限はあるし魔力充填にも時間がかかるから、一枚につき、ひと月に一人が精一杯だけれど」

「存じ上げませんでした。……見苦しい姿をお見せしてしまい、申しわけございません」

枝でボロボロになった聖女装束を整えていると、ケイゼンは微笑み、皮の分厚い鍛えた手でルルミヤの髪のごみを払った。

「泣いていたようだけれど、大丈夫かい？　……僕に何か、できることはないかい？」

ケイゼンは年下とは思えない包容力のある笑みを浮かべ、ルルミヤの顔を覗き込む。ルルミヤは顔を背けて恥じらうふりをしながら考える。

（……王太子が使えなくなった今、こちらに乗り換えるべきよね。第二王子もしっかりしているとはいえ、まだ十七歳。どんなに優秀な王子としても、わたくしならば）

そうと決めるや否や、ルルミヤはわっと顔を覆って泣き出した。

「申しわけありません……わたくしが至らぬばかりに、王太子殿下の不興を……。たくさんの誤解をされて申しわけなくて、恥ずかしくて、悲しくて……いっそ、この池に飛び込んでしまいたいと思っておりました……」

ルルミヤは泣きながら池へと目を向けた。自殺なんて冗談じゃない。けれど人払いをして泣きながら池のほとりにいるならば真実味も増すだろう。

「そうか。君も辛かったね。……かわいそうに」

ケイゼンの言葉に、ルルミヤはさも儚げに微笑んだ。

「殿下のその御言葉に救われます。婚約破棄が成立するまで、精一杯王太子殿下の婚約者としての役目、果たしますわ」

「……婚約破棄、なんて……。兄上がまさか、そんな決断をできるなんてね……」

（そうよ。王太子をひどいと思って。わたくしに同情して。兄を蹴落とすのよ）

ルルミヤは心の中で訴えた。

しばらく考え込んだ様子のケイゼンは、ルルミヤに向き直って言った。

「いい考えがある。兄上もみんなもあっと驚く、君の力を示す方法を思いついた」

「まあ、それはなんですの？」

ルルミヤは祈るように指を組んでケイゼンを見る。胸の谷間が深くなる角度を意識しながら見つめるルルミヤの両肩に手を置き、ケイゼンは澄んだ瞳で言った。

「君が筆頭聖女として、最強になればいいんだ。霊泉にある初代筆頭聖女の聖遺物を君が手に入れればいい。君ならできるよ」

「聖遺物、ですか……？」

意外な提案だった。聖遺物と呼ばれるものは、一応知っている。聖堂での沐浴のたびに嫌でも目につく、湯口に突き刺さっている錆びついた長い棒のことだ。

「霊泉には確かに……聖遺物がございますが……あれはただの飾りではないのですか？」

「飾りではないよ。聖遺物には神に愛され、国の礎を築いた初代筆頭聖女の力が、眠っているんだ。引き抜いて、ルルミヤが力を解放するんだ」

「で、ですが……引き抜いてしまえば、さすがの大神官猊下もお怒りになるのでは」

「怒るわけがないだろう。あれは大神官猊下でも引き抜くことはできない。筆頭聖女として認められた、ルルミヤだからこそ抜けるんだ」

「わたくし……だからこそ、ですか？」

「そう。筆頭聖女ルルミヤ・ホースウッドだからこそ起こせる奇跡だ。そもそも君はもうすでに一度大神官猊下を退けたと聞いている。あれほどの権威を持つ猊下をもってしても君を解任できないほど、君は特別なんだ。……僕の言葉、信じられないかい？」

「いえ……おっしゃる通りだと存じます、殿下」

第二王子に肩を掴まれ、強く朗々と訴えられれば、ルルミヤの胸の奥は自然と熱くなった。勇気が湧いてくる。そして第二王子の次の言葉は、ルルミヤに禁忌を犯させるには十分だった。

「そう。それに聖遺物を手にして初代筆頭聖女の力を示すのは……姿を消してしまった、無責任な前筆頭聖女シャーレーン・ヒラエスにもできなかったことだ」

体の奥から興奮の震えが沸き立つのを、ルルミヤは抑えられなかった。

――ルルミヤは気づいていないし、気づいたとしても気にしないだろう。

第二王子が「姿を消してしまった、無責任な前筆頭聖女」と漏らしたことについて。

異世界に帰ったとも、殺されたとも言わず、『姿を消してしまった』と口にした、意味を。

状況は最悪だ。しかし焦ったところであたしの独断では聖遺物を壊しにいけない。

「やはり今日も難しいとのことでした」

「わかりました～」

王妃様からの伝言を持ってきた侍女の言葉をぶりっこ笑顔で受けたあたしは、侍女が去るなり神様の横たわるベッドにダイブしてぼやいた。

「今日も辺境伯領から出られずじまいか……」

神様のお腹の闇は着々と広がっている。本人は大丈夫だと言い張っているけれど、強がっているのは明白だ。体の中を巣くわれているのと同じなのだから。

あたしは日々シャーレーンの御使として早く王都に行きたいと訴えている。

けれど王妃様も辺境伯もあたしの王都行きに難色を示した。

それだけの危険が迫っているのなら、まずは王都の関係者を調査するべきだと。王都には火急の相談がある旨は伝えているから待っていてほしい、と。

「慌てずとも聖女には推薦するし、あなたを信じています。王宮とわたくしたちを信じなさい」

王妃様直々に諭されてしまえば打つ手はない。そもそも王妃様と辺境伯の判断としては至極正しい。シャーレーンの御使とはいえ、一人の胡散臭い八歳児の言葉を受けての反応としては、これ以上にないくらい真っ当だ。この国も安泰だと思えるほど真っ当だ。

「だけどさぁ〜。真っ当じゃねえ奴らにぐちゃぐちゃにされちまったら、終わりなんだよお〜」

あたしはベッドの上でじたばたと足をばたつかせ、行き場のないモヤモヤを発散する。

神様が、あたしの髪を撫でて呟く。

「イライラしてるシャーレーンも可愛い」

「可愛がってる場合じゃねえだろ、あんたこそ」

「やはり俺が命じるべきでは」

神様が瞳を金に光らせるので、あたしはかぶりを振って拒否した。

「それは最終手段にしたい。それやると、一気に神様が弱っちまうだろ」

「……そんなことない」

「目が泳いでんぞ、神様」

嘘がつけない神様に苦笑し、あたしは言う。

「洗脳はどこで矛盾が生じるかわからない。ここまでうまく潜り込んでおいて綻びを出すわけにも行かない。……洗脳した相手がどこでどんな動きをするのか、それに接した人間がどんな反応をするのか全ては把握できないんだから」

敵が人あらざる者と言うのならば、隙を作るのは悪手だ。どれだけ大きな力を持っているのかもわからないのだから。

神様は眉間に皺を寄せ、天井を睨んで言った。

「難しいな。元の力があれば、手順を踏まずとも全てに『命じる』ことができたのに」

「もうすぐ戻るさ。……大丈夫、あたしが傍にいると少しは楽なんだろ？」

神様にくっついてやると、神様は頷く。

魂が神に近い妻のあたしが寄り添っていると、神様の弱体化が和らぐらしい。

「ほら。少し眠りなよ。あたしが傍にいるから」

神様の頭を抱いて撫でてやると、神様は目を閉じる。

神様は本来眠らない。けれどあたしと長く過ごすうちに、眠るポーズを取るだけでも安らぐのだと覚えたらしい。

「王妃様は真っ当なお方だ。必ず動いてくれている。……待つんだ、今は」

天井を見上げ、そして窓の外へと目を向ける。赤紫色の夕暮れだ。


あたしの願いが届いたのか。

翌朝、神様がベッドで身を起こし蛇を腕に絡めたままあたしに告げた。

「王都から馬車が到着するらしい。王族の馬精霊を使っているようだ」

「ってことは……まさか」

あたしは固唾を呑む。しばらくして身支度を手伝いに侍女がやってきた。

侍女はどこかそわそわとした様子で、あたしの髪をいつも以上に丁寧に整える。

その後、朝食を終えたあたしの下に王妃様からの伝言が告げられる。

「王太子殿下がお見えになります。聖女候補生として挨拶の場を設けると王妃様が仰せです」

侍女が部屋を出たところで、あたしは神様を振り返った。

「殿下か……中枢領域の問題で頼るには、最強かつ最凶のカードがご登場なさるってことか」

強がりを込めて、あたしは目を眇めて笑う。

時間がかかっていたのは王家の代表として彼が来るからだったのだ。

彼は中枢領域内に潜入するには最強の後ろ盾になる。同時に、あたしがシャーレーンだと気づくかもしれない最凶のカードでもある。

神様は窓の外を見た。

「馬車が見えてきた。良い馬精霊だ。ここまで四、五日で来たのだろう」

「さあて……シャルテちゃんの正体、バレるかな？」

あたしは姿見に映った自分を見やる。鏡の中には着飾った愛らしい八歳児の姿があった。自分で言うのもなんだけど、愛らしく見える装いをしてもらっているのだから仕方ない。

「シャーレーン時代とは全然違う格好だし、なんとかなるか……？　なあ神様どう思う？」

「可愛い」

「いやそうじゃなくて」

「俺は人間ではないから、容姿で判別がつくかはわからない。シャーレーンならいくつだろうが、爪の先だけ見せられて判断を仰がれようがシャーレーンだとわかる。しかし人間は魂で人を判別できないのだろう？　ならばわからない」

「そうだよなー……いっそ髪を切ってイメージ変えるか？」

下ろした部分の髪を掴むと、神様が露骨に嫌な顔をして首を横に振る。

「短いのも可愛いだろう。だが他の男のためごときに切るのは嫌だ」

「言うと思ったよ」

そわそわとしたまま午前中が過ぎ、ついに昼食の前に王妃様に呼ばれた。

連れて行かれたのは今まで入ったこともない城の中心の、さらに奥。歩けば歩くほど豪華になっていく家具に眩暈を感じながら、ついに特別な応接間にたどり着いた。

赤を基調とした豪奢な部屋。ソファに座る辺境伯家一同の前に、見覚えのある後ろ姿があった。

王妃様があたしを見た。

「来たわね。紹介するわ。彼女がわたくしの推薦する聖女——シャルテよ」

殿下はこちらを振り返る。以前より幾分か痩せているが、銀髪も肌の白さも以前と変わりない。

顔を直視される前に急いであたしは淑女の辞儀をする。

「はじめまして。シャーレーン様の御使、聖女候補生のシャルテともうします」

形式的な挨拶を口にして顔をあげると、口をぽかんと開けた殿下の姿があった。

「シャーレーン……？」

息子の呟きに、王妃様が首を傾げている。冷や汗が背中を流れる。

八歳児の姿でこのふわふわの髪、この服装ならわからないと当然思っていた。

シャーレーンのときだって、あたしは殿下と、ひと月に一度ほどしか会ってないのに。

「違うわ、その子はシャルテよ」

王妃様が口を挟んでくれる。ナ、ナイス～！

しかし殿下はこちらをじっと見たまま、王妃様の言葉も耳に入っていない様子だった。

「…………少し、この子をお借りしていいですか、母上」

「もちろん構わないわ」

「じゃあ二人になれる部屋に行こう。おいで、シャルテ」

「あ……」

突然の展開にあたしは戸惑う。殿下の意図が、全く読めないからだ。

──あたしがシャーレーンだと気づいているのか。

──単に『シャーレーンの御使』だから話したいのか。

──王妃に近づいた胡散臭い八歳児だから話したいのか。

──あたしを消そうとしているのか。

そうだ。まだ、殿下が完全な味方になるかどうかはわからない。

「あ、あの……」

「ん？　どうしたんだいシャルテ」

不敬にならないように気をつけつつ、あたしは神様に代弁してもらう。

「『殿下。恐れながら申し上げます。シャルテはまだ幼いので失礼もありましょう。私が夫として同行してよろしいでしょうか』」

神様の申し出に信憑性を与えるように、あたしも不安そうな顔を作って殿下に訴える。

「殿下……わたし、お勤めのときはいつも夫と一緒なんです。一緒では、だめですか……？」

あたしの言葉に殿下が固まる。

「夫……？　夫と言ったのかい？　君は……この男が？」

「はい」

殿下はあたしを穴が開きそうなほど凝視してきたのち、母である王妃を見た。

「あの……僕は意味がよくわからなく……既婚の聖女は認められていないのでは？」

「夫とはいえシャルテは八歳。その年齢だから婚約者相当とみなしているわ」

「なるほど。……市井を生きるには結婚という形にした方が定住や職探しに都合の良いこともあるらしい。そういうことですね」

（神様、絶対違うって言うなよ！　色々面倒なことがあるからな！　黙っててくれよ！）

あたしが心中から訴える懇願に、神様が眉間に皺を寄せつつ頷く。

「そうか……夫……」

しばらく考え込んだ殿下は顔を上げ、改めて神様に向き直り訴えた。

「僕は彼女と話がしたいんだ。彼女が大人の顔色を窺うことなく話せる場で。……よろしいですよね？　母上」

「そうね。二人で話しなさい。シャルテも気後れしている場合ではないわよ？　王都で聖女になるのなら、夫に頼らず自分で話しなさい」

「はい……かしこまりました」

王妃様の言葉は正論だ。神妙に頭を下げつつ、あたしは心の中で神様に尋ねた。

（神様。殿下はどう思う？　……怪しいか？）

（少なくとも魂は正しくこの国の人間だ。他国の匂いは感じない）

（そうか）

（……それに、シャーレーンに馴れ馴れしいが、これは敵ではないと思う）

（妙にはっきり断定したな？）

（ここに来るまでの間に、『神《俺》』に祈っていた。シャーレーンを守れなかったことに対する贖罪を。……近くで敬虔に祈られている声は、俺に聞こえるから）

あたしは思わず殿下を見上げる。

殿下はいつになく真剣な眼差しで、シャルテ《あたし》を見つめていた。


――その後。


アフタヌーンティーの時間に合わせ、あたしは殿下と二人っきりで庭で会うことになった。神様の同伴の代わりに、ドレスの中に蛇が絡みついている。くすぐったいなあと思いつつ、あたしは殿下の前で緊張する八歳児のふりをする。

「やあ。僕のことはただのお兄さんと思って、楽にしてくれて構わない。僕は花が好きなんだ。一緒に庭園を通り抜け、ゆっくりティールームへ向かおう」

「はい」

ただのお兄さんは自分をそう言わないと思う。ともかく、殿下の足は軽い。

（以前より少し吹っ切れたのか？　なんだか元気になったな）

あたしの記憶にある殿下は物憂げで神経質っぽくて、鬱々とした感じの殿下だった。今日は妙に明るく、迷いが吹っ切れているように見える。

——母に頼られたのが嬉しいのか？　それとも……

一人で思案していると、殿下の方から話を切り出した。

「シャルテ。母に聞いたよ。シャーレーンは殺された、と君に言ったんだね」

「はい」

殿下はこちらに背を向けたまま尋ねる。

「シャーレーンは恨み言など言っていなかったかい？」

「……いいえ。シャーレーン様はただ、ひたすらに国の心配をなさっていました」

「そうか。彼女らしいね。……僕は彼女が逝ってから、ようやく彼女の仕事ぶりについて知ったんだ。……本当によく頑張っていた。僕は、何も……知らないままだった」

殿下は言葉をつまらせ、無言で足を速める。

あたしはその後を追う。

「君は花は好きかい？　僕はよくシャーレーンと温室で会っていたんだ」

「そうですね……あっ」

あたしは辺りを見回し、視界の端によぎった花に目を留める。金盞花だ。

「わたし、このお花が好きです。わたしの目の色とにているから」

殿下は瞠目してこちらを見ていた。

「……殿下？」

「君は……」

殿下は一瞬泣き出しそうな顔をして、急いで顔を背ける。

驚くあたしに背を向けたまま、殿下は呻くように言った。

「君はシャーレーンと似ている」

「そ、そうですか？」

ひやりとする——とりあえず、まだ正体はバレていないようだ。

「僕は……シャーレーンともっと話しておけばよかった」

殿下は金盞花の花弁に触れ——声を震わせて、話を続けた。

「僕はシャーレーンのことを、最後まで『政略結婚だから結婚する相手』としか思っていなかった。もっと、彼女と親しくなる努力をするべきだった。……婚約破棄のひどい言葉を吐いた、僕が言えたことではないけれど……僕は、身も心も傀儡だった。自分でものを考えることをせずに、周りの言うままに彼女を傷つけた」

殿下は滔々と語り続ける。横顔は懺悔室で首を垂れる告解者によく似ていた。

「会話もろくにせず、僕は彼女を上辺だけで判断して、侮って、上滑りした事実だけを悪く取って……嫌な別れ方をした」

「殿下……」

あたしは彼の言葉に戸惑っていた。

シャーレーンとしてもシャルテとしても、どう受け止めればいいのか。

確かに殿下はあたしを婚約破棄した。けれど、そもそもあたしが殿下を騙していた側なのだ――極めて不本意かつ、勝手に決められた『異世界の聖女』という嘘だったとしても。

全てはどうしようもなかった。傀儡だったあたしも、この人も。

「う……」

殿下は嗚咽を漏らし始めた。涙が頬を濡らし、上等な服にしみを作っている。

「で、殿下……」

「すまない、君の前で……泣く、つもりは……なかったんだけれど……」

あたしは知らなかった――殿下が、こんなに感情を出す人だったなんて。

「僕は間違っていた……シャーレーンに伝えてくれないか？　……僕が間違っていたと。君を……心から尊敬していると……死なせて、悪かった、と……っ！」

殿下はついに地に崩れ落ちた。あたしはハンカチを差し出して背中を撫でる。

シャーレーンは所詮底辺育ちのハリボテ聖女だ。王太子殿下たる人が涙をこぼす必要はない。

それでも殿下は、あたしのために泣いてくれている。

今も彼を騙している罪悪感で、胸が痛い。

「殿下……」

あたしは迷っていた。

——あたしは今日も、偽りの姿《シャルテ》で自分《シャーレーン》から逃げるのか？

あたしのために、号泣までしてくれている殿下にまた嘘をつくのか？

お腹に絡みつく蛇も動きを止めて、あたしの判断を待つ様子だった。

——決めた。あたしは、ぎゅっと拳を握った。

「嘘をつけませんよ、殿下にはもう」

あたしは髪をかきあげ、笑って覚悟を決める。

「あたしのようなハリボテ聖女のために、泣かれるのはもったいないですよ」

あたしは髪を撫で、魔術で髪をストレートにする。

「君は……」

気づけば殿下が泣き止んで、信じられないものを見る顔でこちらを見ていた。

あたしは深く淑女の辞儀をした。

「シャーレーン・ヒラエスです。二度も殿下に嘘の身分でお会いして申しわけございません」

殿下は固まっていた。涙も涸れている。

あーあー、バラしちまった。

でもさすがに、あたしの死に号泣する殿下に嘘はつき続けたくなかったから仕方ない。

殿下は信じられないとばかりに、あたしを上から下まで眺める。

「本当にシャーレーンなのかい？　それにしては随分幼いような」

「ご存知の通り、私は殺されました。……しかし筆頭聖女の、神の奇跡により回復することができました。体は縮みましたが」

「ならばなぜ、こんな辺境伯領に潜伏していたんだい？　名前も変えて……」

「私を殺したのが、聖女護衛騎士の姿をした者だったからです」

「……!!」

目を瞠る殿下に頷き、あたしは続ける。

「本当に聖女護衛騎士団の者かはわかりませんが、教会に訴えることはできず……。中枢領域内の危機を王族の方にお伝えするため、こちらに潜伏し機会を窺っておりました」

「だから母の下にいたのか。なるほど……考えたな。そうか……」

殿下は一人頷き、じっと考え込む。そしてあたしの目を見て口を開いた。

「すごいな。……つまり君は本当にシャーレーンを降臨《おろ》しているんだね！」

曇りなき瞳で、殿下は快活に言う。

――あれ？　あたし、何か言い方間違えてたっけ……？

「なんていうことだ！　まさにシャーレーンが降臨《おり》ていた……。君は僕が隠していたシャーレーンの真実も知っているし、口調も仕草もシャーレーンだ！　ああ、神様……シャルテ、君は素晴らしい、本物だ。君は本物の『シャーレーンの御使』だ」

「あ、あの……？」

この人は話を聞いているのか？　あたしは訝しんだ。

あたしはもう一度、できるだけわかりやすく端的に、噛み砕いて要点だけ伝える。

「殿下。あたしはシャーレーン本人です」

「うん」

「聖女護衛騎士団の姿をした正体不明の謎の連中に殺されかけましたが、生きてます」

「うんうん、わかるよ」

「体が幼いのは神の奇跡で治癒してもらった副作用です」

「わかっている。シャルテはシャーレーンにそう言うように言われたのだろう？」

「…………」

思い込みが激しい。あたしは頭が痛い。

いや、神の力で奇跡的に癒やされ、体が縮みました！　の方が、よほど嘘っぽいけれど。

「殿下。……こちら、神です」

あたしが服の中から蛇を引っ張り出すと、殿下は一瞬ギョッとした様子だったが――優しい生暖かい目をして頷く。

「そうだね、土地神カヤは確かに蛇神と言われているね」

「…………」

蛇――神様の分身が呆れた風に服の中へと戻っていく。

「そうか、君は……シャーレーンによって導かれたのだね……。僕に会うために」

顔を覆い、ぶつぶつと殿下は呟き始める。

「で、殿下?」

「……ここで込み入った話はできないね。早くティールームへ行こうか」

すくっと立ち上がり、殿下はあたしにそっとエスコートの手を差し伸べる。

その据わった碧の瞳に、あたしはぞくりと言葉にできない寒気を感じた。

(……神様。もしものときは、頼んだぜ)

そっとお腹を撫で、問いかける。返事の代わりにしゅる、と蛇が蠢いた。


——案内されたティールームは、庭園から抜けた先の離れに位置していた。妙に狭く、白い壁がどことなく圧迫感を感じさせる。窓が小さいからだと気づいた。

使用人がティーテーブルに菓子とティーセットを置き、そのまま音もなく部屋を去る。

ガチャリ。

鍵の音にビクッとして殿下に目を向ける。向かいに座った殿下の目は据わっていた。

「……殿下……? 一体、これは……」

「すまないね。君がシャーレーンを騙る不届き者ならば尋問しようと思っていたのだけど……そんなことはしないから安心して」

殿下はテーブルで指を組み、銀髪の前髪の間から、碧瞳を細めて笑う。

——おいおいおい。こえーよ、あんた。

「君は本物の『シャーレーンの御使』だった。そんなシャルテに頼みたいことがある」

「……どんなことでしょうか？」

「君はシャーレーンとして生きていくことはできないのかい？　……僕の婚約者として」

言っている意味がわからない。

あたしは一人ではない。無力な幼女でもない。けれど、慎重にならなければ。

立ちすくんだあたしに、殿下は微笑む。

「ほら、そこに立っていないで。こちらにおいで、シャルテ」

美形で儚げな王太子サマの笑顔は美しいはずなのに、ゾッとするほど恐ろしい。

「シャルテ。ここは叫んでも誰も来ない。普段はティールームに使われている部屋だけれどもね……本来の用途は別。壁紙の下に厚い防音材が仕込まれていてね。魔物や隣国との衝突など、有事に際して貴族が身を隠すために作ったシェルターの一つなんだ」

「お城のご紹介をどうも。しかしシャーレーンとして生きてほしいとは、一体？」

あたしは八歳児の媚を捨て、素顔で目を眇めて殿下を見た。これで不敬だなんだと言われるなら、最悪記憶を消しちまえばいい――神様の暴力があたしにもうつったか？

「夫とは初夜を済ませているか」

「……は？」

唐突に何を聞いてくるんだ、こいつ。不快感を露わにあたしは問い返す。

「あたしの質問に答えていただけませんか」

「シャーレーンとして生きてもらうためには、君の処女は大切な問題だ」

「……殿下は敬虔な土地神カヤの信者でいらっしゃるはずでは？　ならば聖女に推薦されるあたしが純潔かどうかは自明の理では？」

　聖女は純潔でなければ異能が使えない。それが教会の教義だ。

　しかし殿下はふふふ、と笑って顔を覆う。

「そんなもの嘘だ。現に、今の聖女寮は男を知った聖女で溢れている」

「な……」

「筆頭聖女ルルミヤが強制して、貴族や大商人相手に聖女たちに接待をさせていた。それを嫌がった聖女は遠方に飛ばされ、追放され、また心を病みどこかへ消えた」

　あまりの事実に、足元から冷たくなっていく。

　自分がいない間に、ルルミヤは――なんてことを。

「で、君はどうなんだい。処女か否か」

「どんな体でも聖女になれるのでしたら、確認する必要はないのでは？」

「必要、あるんだ」

　殿下は立ち上がり、あたしに一歩ゆらりと近づく。

「君がシャーレーンとして、僕の妻になるためには確認が必要だ」

「……は？」

「君はシャーレーンによって、彼女の代わりとして遣わされた御使だろう？　ならば王太子である僕と婚約するのが道理だろう」

　は……はああああああ⁉

「ま、待ってくださいよ、殿下。……あたしはすでに夫がいます。それに殿下にはルルミヤ・ホースウッドがいるでしょう」

「婚約破棄を突きつけたよ」

「な……」

「父にも宰相にも誰にも相談していない。僕が、僕の判断で決めた」

「そ、それだめなやつじゃないですか」

「ねえシャーレーン。僕は決めたんだ。君のように僕も自分で運命を選びたい。僕は君と結婚すればきっと、君のような高潔さを持つ国王になれるんだ」

　殿下があたしをシャーレーンと呼ぶ。

　けれど殿下は、あたしが本物《シャーレーン》だとは思っちゃいない。

　殿下はシャルテに、シャーレーンと呼びかけているのだ。

　あたしはまた一歩後ずさる。殿下は男の歩幅で二歩、距離を詰める。

「シャルテ、君はシャーレーンになるべきだ。そうだ、シャーレーンがシャルテの姿で異世界から戻ってきたということにしよう、どうだい？」

「どうだいって……」

「君がシャーレーンとして振る舞い、聖女異能で人々を幸せにすれば、細かいことなど誰も気にしなくなる。ううん、僕がさせない。だって僕は王太子だ。……父上亡き後は、僕が国王に即位するのだから、僕が絶対になるよ、シャーレーン」

「国は国王だけで成り立つものではありません」

「シャーレーンのためなら強い王になるよ」

「……話聞いてくださいよ」

最悪の国王が爆誕してしまう。あたしは口を引き結び、思考する。

こうなっちまった以上説得は効かない。かといって暴走に付き合うなんて死んでも御免だ。だが撤退もできない。ここで逃げてしまえば教会総本山に乗り込む道が閉ざされる。

いよいよ追い詰められ、あたしは壁に背をつける。

殿下もさらに壁に閉じ込めるように寄ってくる。陶酔した様子で殿下は訴えた。

「シャルテ……どうか、シャーレーンになってくれ。……僕を救ってくれ。導いてくれ。僕は君なしでは、もう……」

そのまま腕に抱き込まれそうになった瞬間――あたしは決心がついた。

自分勝手なことばっかり言いやがって。何が幼女に迫って「僕を救ってくれ」だ！

「助けて、神様」

その瞬間。

部屋に突風が巻き起こり、殿下が紙のように部屋の端まで吹っ飛ぶ。

豪奢な絵のかかった額にぶつかり、床にぐしゃりと倒れ込んだ。

「ぐえ……ッ……⁉」

何が起きたのかわからないまま、呆然と殿下は身を起こす。

あたしと殿下の間に、神様がふわふわと佇んでいる。殿下は呆然と神様を見上げた。

「お前は、カインズという男……？」

その呟きにはあたしが答える。

「あなたも土地神カヤを信仰するならご存知でしょう。筆頭聖女は神の妻であると。――彼は土地神カヤ、彼が男性の姿となり顕現した姿です」

「嘘だ」

「……嘘ではありません」

神様があたしを黙って振り返る。あたしは肩をすくめた。

「悪い。呼んじまった」

「呼べばすぐ来る。約束したはずだ」

あたしにほんの少しだけ笑むと、神様は金色の瞳で殿下を見下ろす。白い蛇が、足元から何匹も這い上ってくる。

「う、うわあああッ！」

殿下は裏返った悲鳴をあげた。

「……神様、殺すな」

「わかっている」

あたしは殿下に歩み寄る。目の前にしゃがんで、その怯えきった目と目を合わせた。

「王太子殿下。……あたしはあなたにとって婚約破棄したシャーレーン・ヒラエスでは……ないんですよね」

「あ、ああ……あ……」

「八歳の子供を保護者から引き剥がして閉じ込めて、殿下の望むままに『シャーレーン』のハリボテを纏わせて結婚させて、シャーレーンが喜ぶとお思いですか？　ハリボテを着せられ利用され、死んだ彼女に対する後悔は……嘘なんですか？」

殿下ははっとして、据わっていた瞳が正気に戻る。己の暴走に気がついたのだろう。あたしは少し声を和らげた。

「殿下はおっしゃったじゃないですか。自分で運命を選びたいって。……無力な子供に大人の都合を押し付けて、傀儡にすることが、殿下の選びたい運命なのですか？」

殿下の目が見開く。何か心に届くものがあったのだろう。あたしは優しく微笑んだ。

「……殿下はそんな方じゃないと、シャーレーン様も言ってましたよ」

ンなこた思ってない。

でも――亡きシャーレーンを拠り所にする殿下には、この言葉が一番刺さるだろう。

「しゃ、シャーレーン……」

「シャ・ル・テです」

あたしは釘を刺しつつ、反省の涙をこぼす殿下に諭すように訴えた。

「殿下のことをみんな信じてます。だから王妃様も国難にあなたを呼び寄せたのですし」

「僕は……ケイゼンの身代わり王太子じゃない……そう思っていいのか」

「当然ではありませんか。ケイゼン殿下と王太子殿下は別のお方です。それぞれ一人一人果たすべき役目を、神はお与えになっています」

「ッ……すまない、シャルテ……そして神よ……僕は……間違っていた……」

それから殿下は慟哭した。背負っていたものを全て肩から下ろすように、ただただ泣いた。

不意に、後ろから肩に腕が回る。神様が後ろからあたしを抱き寄せたのだ。

心の中であたしは神様に話しかけた。

（……とりあえず、殿下の件はこれでなんとかなるかな。神様、力は大丈夫か？）

（問題ない。ただ出てきただけだから）

（……そっか。ありがとな。助けてくれて）


――その後。

しばらく泣いた殿下の顔は凛々しい王太子らしいものへと変わっていた。

殿下が泣いている間に、神様が神様であるということは記憶から消しておいた。最後まで信じてくれなかったけれど、シャルテがシャーレーンである告白も消去した。

話がこじれそうな情報は減らすに限る。あたしはシャルテ。『シャーレーンの御使』だ。

「シャルテ。場所を変えて話をしよう。君の知ること、シャーレーンから聞かされたことを教えてくれ。そして僕も、なぜ母のところに来たのか君に話そう」

「お願いします」

あたしは頷いた。

今の王都の状況を把握するためにも、あたしの持っている情報と国の危機を共有する相手としても、王太子殿下はまたとない協力者だ。

殿下は神様とあたしを城の応接間に招いて情報交換をした。一度すっきりした後の殿下は頼もしく、中枢領域の状況について詳しく説明してくれた。

ルルミヤ・宰相派と大神官派による教会内部派閥争いの激化。

ルルミヤによる聖女『接待』をはじめとする、風紀と秩序を乱す様々な愚行。

国王陛下の謎の体調不良と、第二王子帰国を前にした焦り。

霊泉が止まったことにより王都では連日デモが激化し、大神官は心労で療養状態。

国のトップ二名が伏せったことにより権力争いも泥沼化。まともな国政が機能していない状況。ある程度知ってはいたが、想像以上にことは悪化している。

「最悪な状況ですね……」

あたしは思わず呟いた。

そして殿下もまた、こちらの情報に顔を青ざめさせている。

「……他国の力が教会に侵入し、シャーレーンを殺害した。そして国は神の加護を失い、霊泉が枯渇した。それればかりか結界の破壊までもたらしてしまったと……」

「国王陛下がご体調を崩されたのも、関係しているのかもしれません」

「……うん。父は日に日に弱っている。弟が見舞いに送ってきた鏡を見ながら、いつも弟を恋しそうにしているよ」

どこかもの寂しげに殿下は呟く。そうか――この人は弟にコンプレックスあったな。

あたしはお茶で喉を潤したのち、話を切り出した。

「殿下。あたしをどうか教会総本山の聖堂にお連れください。筆頭聖女にしか入れない聖堂の霊泉にある、初代筆頭聖女の聖遺物が神の力を取り戻す重要な鍵なんです」

「重要な、鍵……？」

「ええ。聖遺物を用いれば神は力を取り戻し、霊泉は復活するでしょう」

さすがにぶっ壊したい、とは言いにくいので、そこは言葉をぼかす。

殿下は食い入るようにあたしを見た。

「……君が辺境伯領で霊泉を回復させた奇跡を、王都でも起こせるということか？」

「はい。とにかく早急に手を打たなければ混乱は拡大するでしょう」

「そうだな……しかし」

「しかし？」

殿下は口元に手を添え、視線を落として呟いた。

「……どこから、他国の人あらざる者の手が入ったというのだ」

「そこまではわかりません……シャーレーンも、神の啓示を受けていないようです。殿下からご覧になって、最近中枢領域内で変わったことはございません？」

「うーん……諸外国との交流は通常通り行っていたからな。どの付き合いが他国の人あらざる者の手先かなど……ケイゼンも留学先はストレリティカ連合王国だし」

「留学、先……」

あたしはふと引っかかるものを感じる。

ケイゼン王子が父の見舞いに帰ってくる。

第二王子の立場ならば、遠くからでも堂々と中枢領域内の事柄に介入できる。特に国王に溺愛されている第二王子。彼ならなんだってできるだろう。

――いや。第二王子を怪しむのは早計だ。

第二王子は正真正銘、国王と王妃様の間に生まれた実子だ。他国の人あらざる者に洗脳されることもなければ、洗脳なしに自分の母国をめちゃくちゃになんて、するわけない。

ティーフーズも綺麗に空になった頃、時間を示す鐘が鳴る。殿下は立ち上がった。

「シャルテの王都行きについては、母に僕の方から訴えよう」

「ありがとうございます」

礼を交わしたところで、殿下はふっとあたしを見つめた。

「……何か？」

身構えたあたしに殿下は眉を下げ、申しわけなさそうに微笑んだ。

「シャルテ。もし僕が間違っていたら、これからも今日のように叱ってくれ」

「叱るなんてそんな」

「シャーレーンの鋭い眼差しも好きだったが、シャルテに見下されるのも……いい」

「……で、殿下？」

殿下は頬を紅潮させ、あたしの顔を見つめていた。息が荒い。じりじりと近づいてくるので神様の後ろに隠れると、殿下はその仕草ひとつにすら、感極まった溜息をつく。

「シャルテ。……今日の非礼は詫びさせてほしい。どうだろうか、これから僕と一から関係を……ゆっくり築いていくのは」

――あ、これダメだ。

「神様、助けて」

「わかった」

次の瞬間――殿下の目がぐるぐるになり、バターン、と前のめりに倒れた。

冷たく見下ろした神様が吐き捨てるように言う。

「シャーレーンに気安く褒美をねだるな」

「……やり過ぎてねえだろうな？」

「問題ない。寝ただけだ」

「……ああ、ありがとな、神様……」

あたしたちは顔を見合わせた。ドッと疲れた。

「休むか……」

「ああ」

ともあれ翌日には、あたしたちは最高級の馬精霊で王都に発てる算段がついたのだった。

◇　別視点／その頃の王都　◇

——中枢領域内、王宮の一室。

元々王族用の隠し部屋だった窓のない正方形の部屋は、家具の一つも置かれず、代わりに四面の壁全てに余すところなく鏡がかけられている——第二王子ケイゼンが王宮に贈った鏡、その一部だ。

部屋の中心にいる二人の姿が、数多の鏡に映し出されている。

床に倒れた男と、その男を見下ろす若い男。

倒れた男——ホースウッド公爵の下から、赤黒い血が滲み出る。

彼の体は数多の刺し傷によりズタズタになっていた。

すでに事切れたホースウッド公爵を見下ろす第二王子ケイゼンは、唇の端を吊り上げて笑った。

「国の最高権力者の一人も、『神』の前では呆気ないものだね」

ケイゼンが指を弾くと、部屋の扉が開き、聖女護衛騎士がぞろぞろとやってくる。

「お前たち。いつものように後始末を頼むよ」

暗い瞳をした彼らは命じられるまま頷くと、ホースウッド公爵を抱え上げ、大きなずた袋にカーペットごと遺体を納めた。

　聖女護衛騎士たちが去って行くのを見送りながら、ケイゼンは呟く。

「一強として議会権力を握り続けたホースウッド公爵が斃れれば、貴族議会もしばらくは頭を失った烏合の衆となるだろう」

　ケイゼンは振り返り、近くにある鏡の一つに笑顔を向けた。

「今日の剣も素晴らしい切れ味だったよ。さすがだね、僕の神様は」

『ふふ、これくらい容易いわ、ケイゼン』

　呼びかけに答えるように、鏡の中から女の声がした。

　第二王子たる若者は、顔に飛んだ血飛沫もそのままにうっとりと目を細める。

「次に掃除をしたいのは王家だが……鏡から送る瘴気で父は十分弱らせたが、まだ生かしておこう。迂闊に殺してしまえばやれ王位継承だの、王太子指名だので留学を数年休学することになってしまうからね」

『あなたは有言実行で素敵よ、ケイゼン。あなたと一緒ならサイティシガ王国を素晴らしいものにできる』

「さて、次は兄だ。……兄はどうしようか？　母の下にいるのなら、二人まとめて始末してもいいな」

『必要になったら言ってちょうだい。いつでも出してあげるわ』

　鏡の中で美女が笑むと、ぎらり、と鏡面が輝く。一瞬だけ、全ての鏡に筋骨隆々としたオークの姿が映る。

「そうだな、オークは……」

ケイゼンが話そうとした、そのとき。

――ふと、何かに気づいたようにケイゼンは虚空を見上げる。

「どうやら始まったようだね。ルルミヤは本当に良い子だ」

ケイゼンは、教会で今始まっているであろう事態に凶悪な笑みを浮かべた。

「本当にいい子だよ――都合の良い、ね」

◇◇◇

ルルミヤは新調した真新しい聖女装束で教会総本山にいた。

優雅に歩く彼女が向かうのは、一般謁見が行われるテラスまで続く廊下だ。傍らに第二王子が派遣した聖女護衛騎士を伴い、広場に集まった民衆の声が響く廊下を堂々と進んでいく。

彼女の歩く先に別の人物が立っている。

土地神カヤを象徴する白い絨毯の上を外に向かって歩くのはマウリシオだ。

ルルミヤの一瞥を受け、聖女護衛騎士がさっと飛び出し、マウリシオの歩みを止める。

「な……ルルミヤ、一体何をしているのだ……」

怪訝な顔をしていたマウリシオだったが、ルルミヤが手に持つ長い棒が何なのか気づき――落ちくぼんだ目を丸くし、叫んだ。

「なな、なんと……それは……初代筆頭聖女の……‼」

「ええ。聖遺物でございますわ」

逆光の中振り返り、ルルミヤは目を細めて笑う。

「わたくしが代わって一般謁見をお務めいたしますわ。猊下はごゆっくりご静養くださいまし」

「ま、まて……！」

マウリシオを無視してルルミヤは進んでいく。

眩い太陽の日差しを浴び、ついにテラスに姿を現す。

ルルミヤは興奮のままに、聖遺物を握って一般謁見の場に姿を現した。よく晴れた日差しのもと、参集した民衆は数百名といったところか。大広場を埋め尽くす顔が、一斉にルルミヤを見上げている。それだけでルルミヤは興奮を抑えきれない。

（わたくしは立っている。シャーレーンでも立てなかった場所に）

人々の反応は様々だったが、大半は突然の筆頭聖女の登場に困惑した様子だった。

ルルミヤは魔術師による拡声魔術を使って朗々と名乗りを上げた。

「わたくしは筆頭聖女ルルミヤ・ホースウッド。本日はご病気の大神官猊下に代わりまして、皆様にご挨拶申し上げます」

ルルミヤの名を聞き、一部から強い反発の怒号が飛ぶ。

最近は民衆によるデモ活動が行われていることを知っている。護衛の聖女護衛騎士団も増員している。今の所大きな混乱は起きていないが、うかうかしているとルルミヤへの興奮した人々の怒りの熱気が全体を飲み込んでしまうだろう。

（わたくしには勝算がある）

ルルミヤはおもむろに、傍に携えた錆だらけの杖を掲げた。

それはルルミヤの背丈よりも長く、直径はルルミヤの手で悠々と握れる太さ。先端には錆びて形がわからなくなった意匠がつけられている。金属の塊なので、当然ずっしりと重たい。しかしルルミヤは興奮しているので、その細腕で軽々と掲げることができた。

掲げたがらくたを見ても、誰も色良い反応はしない。そこまではルルミヤの想定内だ。これが特別なものであることは所持者のルルミヤにしか感じられない。ただのがらくたではない、手にとってこそわかる価値がある。

「皆様――」

民衆に対して笑顔を向けながら、ルルミヤはさらに言葉を続けた。

「本日は筆頭聖女ルルミヤが、皆様に心の安寧をもたらす奇跡をご覧にいれましょう！」

ルルミヤは杖――初代筆頭聖女の聖遺物に意識を集中する。

まるで貧血のように身体中の力が全て、杖に吸い上げられていく。

ルルミヤは叫んだ。

「神よ、善き信仰者に治癒の祝福を！」

次の瞬間。ルルミヤは一瞬意識を失う。

聖女護衛騎士が支えてくれる腕の中で、ルルミヤは広場の民衆の姿を見た。

皆一様に、己の体を見てざわついている。それは、先ほどのような負の反応ではなかった。

「傷が治った……どういうことだ？」

「目が……見えるようになった！」

「……筆頭聖女の奇跡だ」

あちこちから歓喜の叫びがあがり、広場は大歓声に包まれる。

「やりましたね、ルルミヤ様」

ルルミヤを支えた騎士が、不自然なまでに無感動に彼女をねぎらう。

しかしルルミヤは、人間味の欠けた彼の違和感に気づくことも、反応を返すこともできない。

体に力が入らない。がくがくと震える。汗が全身から滴っている。失禁すらしているようだ。

（嘘……こんなに……力が、奪われるなんて、……）

ルルミヤは、聖遺物の持つ力を用いて奇跡を起こすことはできた。

しかし――ただの人間である彼女の肉体が、その凄まじ過ぎる力に耐えられない。

（でも……わたくしは……やってみせた）

悲惨な有様になりながらも、ルルミヤは爛々とした瞳で笑う。

（シャーレーンでさえできなかった、これだけの民衆に対する一斉治癒をやってやったわ……大神官マウリシオの立つ場所を奪い、ついに、シャーレーンの聖女としての力も！）

「ふふ……あはは、あははは……はッ……!!」

ルルミヤは鼻血を出し、そのままガクンと気を失った。

――誰もが奇跡に夢中になっているなか。

廊下にうずくまったマウリシオの震える手から、淡く発光した小鳩が一直線に空へと羽ばたいていく。倒れるルルミヤの頭上を通り抜け、消えていったそれは『精霊鳩《マビエラ》』。主に神官が、伝書鳩のようにして使う精霊だ。

鳩の向かう先は――辺境伯領の方角だった。

――そして、この日の夜。

シャーレーンは神と共に、辺境伯領での最後の夜を迎えていた。

◇　◇　◇

辺境伯領であたしと神様が過ごすのも、この夜が最後だ。

あたしは神様と二人、窓辺に置かれたラグに寝そべり夜空を眺めていた。

新月の夜は星が綺麗で、黙って眺めているといくつもの流れ星を楽しむことができた。

「……明日は王都に出発だね、神様」

あたしは空を見上げたまま、腕枕をする神様に呟く。神様は沈黙で返す。

空気感がなんだか居心地が良くて、あたしは急に感傷的な気持ちになった。

今も王都ではひどいことが起きているし、起きようとしている。

あたしを殺そうとした連中の暗躍。国を崩壊させようとしている思惑。

その他、蔓延る欲望と打算とこれから対峙しなければならない。

だからこそ――あたしは今、神様と一緒に穏やかな夜を過ごす時間を噛み締めていた。

「神様……色々あったけどさ。神様と一緒に過ごした毎日、すっごく楽しかったよ」

「これからも俺は傍にいるが」

「それはわかってるよ」

あたしは笑う。そして神様の大きな手に頬をすり寄せた。

「神様、あたしね……こうして心からくつろいだ時間を過ごすことなんて、もう二度と来ないと思ってたんだ」

――穏やかな日々を断ち切るように攫われて、教会で聖女シャーレーンとなって。

元のあたしが自分でも見えなくなるまで塗りつぶされて、笑い方も、本音も思い出せなくなって。日々の唯一の慰めだったのが、聖堂の霊泉の沐浴で神様と二人きりになる時間だった。

あのときはそこに本当に神様がいるとは思わなかった。

だから本音もたくさん話した。思い出すのも憚られる泣き言もたくさん言った。

呼べばすぐ来てくれるなんて、思わなかった。

そして一緒にこんな騒々しい日常を過ごすことになるなんて、思わなかった。

「呼んだとき、来てくれてありがとう」

「……あのときは俺がもっと」

「おっと。その後悔はなしだぜ」

あたしは身を起こし、神様の唇に指を当てる。

驚いた顔をする神様の前髪を撫で、額を出し、あたしは額を寄せて目を閉じた。

冷たい額が、あたしの体温であたたかくなっていく。

「ねえ神様。あたしに前世の記憶がないの、多分……わざとなんだよ」

「……どういうことだ？」

「前世のあたしも、今のあたしとよく似てんだろ？」

「似ている。……もはや、どうして教会に来るまで気づかなかったのだろうと後悔するほど、あなたは前世そのものだ」

「なら絶対わざとだ」

神様は首を傾げる。あたしはなんとなく確信していた。

前世のあたしがあたしなら――きっと、これはわざとだ。

「あのさ、……子供《ガキ》の頃から前世の記憶があったらさ。きっとあたしは神様に再会するまでの間に経験を積んで、多少なりとも別の人間になっちまってた。記憶があったらマセたガキになるのは当然だろ？　そうなったら……神様に会ったときのあたしが、純然たる前世のあたしそのままじゃなくなる。ちゃんとあたしはあたしで、神様の下に戻りたかったんだ」

「……なるほど」

「後は……ふふ、こっちが本当の理由かもな？」

一人で含み笑いするあたしに、神様が目を瞬かせる。

あたしは目を細めて笑ってみせた。

「神様のこと、もう一度いちから好きになりたかったんだよ」

あたしは神様の頬を撫でながら言った。

こうして触れているだけで無性に落ち着くし、幸せな気持ちになる。

これは正しく恋愛感情なのか？

——それはわからない。だって恋愛なんてしたことないから。

けれど……多分、この苦しいような切ないような気持ちに名前をつけるならば、きっと。

「神様と何度でも初めての出会いを繰り返したかったのかなって。生まれ変わっても何度でも、惚れ直したかったんだ」

「…………その考えはなかった。でも……あなたらしい」

「だろ？　あたしってば冴えてんな」

声に出して笑いながら、あたしは神様に抱きしめられる。

神様が微笑んでいる気配を感じる。神様もきっと腑に落ちたのだろう。

「俺はずっと気掛かりだった。あなたは転生に耐えうる魂をしているのに、なぜ記憶を失って転生しているのかと。本当に……どこからどこまでもあなたのままなのに、なぜうまくいかなかったのか、と。……俺が……もう、嫌われたのかと思っていた」

「神様も弱音吐くんだな」

神様は切なそうに眉根を寄せていた。珍しい表情だ。

「……愛してる、シャーレーン。……こういうとき、言葉で……どんな風に言えばいいのか、俺は……わからない。でも好きだ」

「好きって言えてんじゃねえか」

「好きの言葉では足りない。愛してるの言葉でも足りない。この気持ちは言い表せない」

あたしを前に生真面目に悩む神様。その顔が愛おしくなって、あたしは笑った。

「言葉にしきれない思いはあるよ。言葉なんて所詮人間が作った道具さ。万能じゃないよ」

「そういうものか。また一つ覚えた」

――こうして二人で他愛のない話をしながら。

夜はそのまま、楽しく幸福にふけていった。

王都に戻るというのに、不思議と恐怖だとか怒りだとか恐れだとかとは無縁の夜だった。

早朝。夜明け前に身支度を終えたあたしたちを、王妃様と辺境伯家の方々がずらりと揃って見送ってくれた。

朝は冷えるからと、ふかふかのコートを着せてくれた王妃様があたしの目を見て言う。

「我が国の命運はあなたの肩にかかっています、聖女シャルテ。必ず成功するのですよ」

「ありがとう存じます、王妃様。ご期待に添えるように努めます」

「……こちらにいる間に、見違えるほど大人の顔をするようになったわね、シャルテ」

寂しいような、切ないような顔で言われ、あたしは内心ごめんなさいの気持ちになる。さすがに八歳児の媚びを続けられない場面が増えてボロが出てしまっただけだけれど、王妃様はシャルテちゃんが責任を帯びて大人びたのだと思ってくれているようだ。

「大切な息子——王太子殿下の身柄は、この辺境伯家でお守りします」

殿下は国の危機ということもあり、辺境伯領の強固な守りの中で過ごすことになった。

殿下も見送りにやってきた。

「聖女シャルテ。馬精霊には魔術師の魔力を限界まで注いでおいた。シャルテの魔力を継続的に与え続ければ、三日後には王都に着くだろう。宿場町にはすでに連絡はつけている……すまない、これが我が国で準備できる最高速度だ。国を頼んだ」

……そして殿下は、険しい顔で身を屈めると、あたしに耳打ちした。

「弟が中枢領域内のあちこちに鏡を贈っている。もしかしたら、それが……」

あたしは弾かれるように殿下の顔を見た。殿下は頷いた。


精霊御者が馬精霊を連れてくると、殿下は何事もないように離れた。

白く透き通るような肌をした白馬で、鬣《たてがみ》は風もないのにゆらめき、プリズムの光で発光している。魔力充填バッチリだ。

乗馬用の馬具が設えられている——そう。馬車ではなく、馬に乗って向かうのだ。

「では……行ってまいります」

見送りの視線を浴びながら、馬に乗った神様に続いてあたしも神様の前に乗る。

神様が馬精霊の耳に何かを囁くと、馬がぶるりと震え、ぱかぱかと滑らかに出立した。

激励の声で見送られ、あたしたちは朝焼けを浴びながら王都へ向かう。

見送りの姿が見えなくなった頃、神様があたしにこっそりと言う。

「シャーレーン。実はこの馬は飛べる」

「へえ、飛べ……えっ⁉」

「飛べるだろう？」

神様が尋ねると馬精霊はいななく。

「飛べるっすよー」

「喋れんの⁉」

「人間のためには飛びたくないけど、ま～神様と姐さん相手なら、ぜんぜんおっけーす」

「か、軽いノリだな～」

「飛んだら明日の昼前には着くんじゃないだろうか」

真顔でいう神様の顔は——全く、冗談を言っている顔ではなかった。

「姐さん～！　風へーきっすか」

「大丈夫！　いい感じに防風結界、張れてるから！」

「うぃっす。んじゃ飛ばしますぜ〜！」

あれから通しで、あたしたちは流星のように空を駆けていた。瞬きのたびに景色が違う。風のような速度なのに、風圧も、振り落とされるような不安定さも感じない。

最初はあまりの高度と速さにぎゅっと馬精霊にしがみついていたあたしだけど、昼を過ぎた頃にはすっかり慣れて、地上の見晴らしを楽しめるくらいにはなっていた。

夏の大地に広がる新緑と耕作地と、清らかな川のせせらぎ。自然は広く長く景色が続き、人の里はどんな大都市でも、あっという間に流れ去っていく。

「……ここが、神様が司る土地なんだな」

「ああ」

「綺麗だ。……これを連中に、好き勝手にはさせたかねえな」

あたしはぎゅっと拳を握る。

「聖遺物を壊して、神様を復活させる。そして——第二王子の陰謀を止める」

第二王子はなぜそんなことをするのかわからない。けれど止めなければ、国は終わる。

「シャーレーン。あなたの体は幼い。疲れているだろうから、寝ていた方がいい」

「この景色を見ながら寝るのって、なかなか……」

あたしは苦笑いする。普通ならとんでもない。

でも神様にもたれて目を閉じると、体は正直で素直にうとうとし始める。太陽光も心地良いし、ほのかな揺れもいい具合だ。

「神様に甘えるのは悪いけど……あたしが倒れたら世話ねえもんな」

神様だって平気じゃないはずだ。腹も今頃どうなっているか。見せてくれないからわからないけれど。弱みを見せたくない夫としての矜持を暴くのも野暮だ。

「じゃあ遠慮なく、頼らせてもらうよ、神様……」

体は正直だ。あたしはあっという間に眠ってしまった。


――あたしが起きたのは、すっかり日が暮れてからのことだった。

大地には家の明かりがポツポツと見え、空はその何百倍もの星々が輝いている。

馬精霊が淡く発光していて、走るたびに揺れる鬣から星屑の光が散る。

「綺麗だ……」

そう呟き、神様を見上げると――神様が手に淡く光る何かを掴んでいた。

「精霊鳩ッ⁉」

精霊とはいえ鷲掴んでいるのを見ると心臓が縮む。

「やめてやれ、かわいそうだろ」

「教会の匂いがした。だから手紙を見てから放ろうと思った」

「も……も～！」

あたしは精霊鳩を両手で受け取り、宥める。精霊鳩は特に気にしない様子でぐるぐると鳴いている。神様は開いた手紙を黙ってあたしに見せた。

「まずいことが書いてある」

「まずいこと？　なになに……はぁっ⁉」

手紙に目を通してあたしは絶句した。

鳩に括り付けられていた手紙は辺境伯領行き。

大神官マウリシオの封蝋がされていて、すでに神様によって破られている。

手紙の盗み見なんて最悪だが、今は緊急事態だ。

「……ルルミヤが聖遺物を引っこ抜いて、暴走して……ぶっ倒れただと⁉」

「あれを使うのは人間では不可能だ。あれは今、世界中でシャーレーンしか扱えない」

「なんつーことだ……あの馬鹿、何を考えて」

「入れ知恵が入ったのだろう。聖遺物の力は人間には推察できないはずだ」

「確かに。教養でも触れることの禁忌しか教わらなかったしな。……ってことは、意図的にぶっ壊されたのか、ルルミヤは」

「……おそらく」

神様が苦々しい顔で頷く。

あたしは再び手紙へと目を落とし、続きを読む。手紙には震える字で、ルルミヤの暴走の顛末と、王都で派閥争いが過激になり大混乱が起きていること、早く『例の聖女』を連れてくるようにということが書かれていた。

読み終わり、あたしは臓物がひやりとするのを感じた。

「……新たな聖女《シャルテ》を呼ぶように訴えてるんだ。あの大神官が」

辺境伯家と王妃様を後ろ盾にした新たな聖女《シャルテ》なんて、権力を握り続けたい教会にとっては脅威でしかないはずだ。それなのにあの大神官は王妃様に頼ろうとしている。

これまでに王妃様がマウリシオ宛てにどんな手紙を書いていたのかは定かではないが、文面を見る限り二人は、『聖女推薦期間外でも聖女を推薦していいのなら王妃と辺境伯の連名で推薦する』といった話を進めていたようだ。

マウリシオは、手続きはいいから早急に聖女をと訴えている。よほどの事態だ。

あたしから手紙を取り上げ、神様は再び精霊鳩に手紙をつけて放つ。そしてあたしを見た。

「シャーレーン。向こうに着いたら真っ先に聖遺物を探そう。このままでは、いよいよ護国の加護が消え果ててしまう。今や中枢領域の加護は丸裸だ。じきに国中の霊泉が涸れ、シャーレーンが修繕してくれた結界も壊れる」

「マジかよ。……馬、頑張れるか⁉」

「もちろんっす！」

「とにかく……真っ先に何がなんでも聖遺物なんとかしねえとな！」

あたしたちを乗せた馬は流星の速度で、夜空を駆ける。

夜明けは空の端からじわじわと近づいてきていた。

第五章　王都騒乱と、その首謀者

——空が白み朝日が昇り、午前の日差しに王都に続く大河の清流が眩しく輝き始めた頃。

ついに王都の空にたどり着いた。

王都は土地神カヤの神域である教会総本山の丘を真北に配置し、長方形に整備された都市だ。最北の王宮・貴族議会堂・教会から作られた最高階級の区画『中枢領域』、上流平民の住まう区画、そしてその他の三つに分けた構成になっている。

最北——神域の丘の麓に広がる壮麗な宮殿から、煙が幾筋も立ち上っている。

真っ黒な煙は、明らかに竈のそれではない。

「神様、何かまずいことが起きてるみたいだ」

「馬精霊の高度を下げよう。少しつかまっていてくれ」

ぐっと馬精霊が首を低くし高度を下げる。彗星のように下りていくあたしたちは、宮殿の有様を見て息を呑んだ。

「……すでに、襲われている、だと……!?」

神様が険しい顔で遠くを見た。

「結界に守られた国境を破った気配はない。シャーレーンが修繕したままのはずだ。そもそも、空から来たのだから国境を破られていれば遠目にわかる」

「ってことは城の中で、直接襲撃されているってことか」

これも他国の人あらざる者の仕業だろうか――いや、まだ断定するには早い。

あたしは馬精霊に遮蔽魔術をかけ、高度を下げたまま状況を確認する。王宮をはじめとして貴族議会堂、教会の三大施設のあちこちから、怒号と悲鳴、逃げ惑う声が響く。

回廊を逃げ惑う人々を追いかけているのは――。

「黒くて体がでかい、豚の顔に皮膚が硬化した鎧状の防具……オ、オークじゃねえか！」

「人あらざる者の匂いがする」

あたしはひらひらのコートを脱ぎ、腕を捲った。

「神様、高度をギリギリまで低くしてスピードは落とさずに滑空してくれ。あたしがオークに片っ端から捕縛魔術をかけ続ける！　そのまま聖堂まで突っ込む！」

あたしたちは頷きあう。それからは一瞬だった。

馬精霊が落下の速度で高度を落とす。

オークたちがはっきり見える大きさになる。あたしは狙いを定めた。

『魔弾捕縛《テグミーネ》！』

あたしの周りに光の玉が複数出現し、人差し指で差した先――オークたちへとまっすぐ飛んでいく。光はオークに当たると弾け、そのままオークを包み込んだ玉になる。攻撃魔術で思い切り爆散させてもいいが、迂闊に建物を破壊したり衝撃で人に二次被害を与えないためだ。

人々の反応を確認する間もない。

あたしは次々と、行きすがらオークたちを捕縛し続ける。

「くそっ、キリがねえ……どれだけのオークが送り込まれてんだッ⁉」

「シャーレーン。怪我人が」

神様が馬精霊の速度を落とす。神様が見ているのはちょうど、王宮・貴族議会堂・教会総本山に続く三本の大通りが収束する三叉路の近くにある大広場だ。そこには貴族神官使用人問わず、多くの怪我人が運ばれて寝かされている。ざっと五十人以上いるようだ。

死者はまだ出ていないようだが、この状況では犠牲者が出るのも時間の問題だろう。

等間隔に横たえられる彼らの間を、医療班と聖女たちが悲壮な顔で駆けずり回っている。

「神様、ちょっと下りる」

「シャーレーン、」

引き止める声も聞かず、あたしは馬精霊から飛び降り、魔術でなんとか着地する。

「っ……とと」

「な、なんだ君は」

突然降ってきた八歳児に人々は目を白黒させる。そりゃさっきまで遮蔽魔術を使っていたのだから当然だ。取り急ぎ、一番近くにいた聖女へと目を向ける。

榛色の瞳を大きく見開きびくっとする、茶髪のおっとりした顔立ちの聖女。

ケイシィ。聖女寮で仲良くしていた、あたしと同い年の聖女だ。

「あ、あなたは⁉　一体どこから……ッ⁉　ここは危ないわ！」

「ケイシィ、落ち着け。とりあえずあたしが癒やすから」

「えっ……どうして私の名前を」

説明している暇はない。久しぶりに、あたしは集団治癒をすることにした。

膝をつき、怪我人が横たわる地面に両手を当て、聖女異能の範囲を目測する。そして上空にいる神様に「頼むよ」の気持ちを込めてウインクをして、言葉に出して祈った。

「『神よ、善き信仰者に治癒の祝福を』」

「あなた、それはシャーレーン様しかできなかった……」

ケイシィの困惑の言葉が終わらないうちに、人々の体が発光する。重傷者から軽傷者まで、それどころか治療に奔走する医療班と聖女まで、全員が聖女異能を浴びて輝いた。

あたしは立ち上がり、唖然とするケイシィを見上げた。

「説明は後だ。ルルミヤはどこだ？　奴が持ち出した――」

彼女は筆頭聖女しか入れない聖堂の聖遺物の形は知らない。あたしは腕を広げて示す。

「こう……長くて細い、錆びた棒みたいなやつ。見てない？」

「あ……ええと……ルルミヤ様は……聖女寮で休んでいるわ。あなたが言っている汚い棒なら第二王子殿下がお持ちになられていたわ。なんでも、あれは危険だからって」

「……やっぱりそうか。第二王子殿下はどこに？」

「確か……聖堂の方へ」

あたしは髪をぐしゃっとかきあげる。完全にクロだ。

「ケイシィ、あたしは霊泉を復活させてくる。必ずまた、あたしが癒やすから！」

「え……あっ、待ちなさい！」

　あたしは足の裏に跳躍魔術を展開し、神様の馬精霊に飛び乗った。

「神様。聖遺物は第二王子が持っているらしい。首謀者はあいつで間違いないだろう。オークも王宮から溢れたらしいから、第二王子が噛んでいるはずだ」

「奴はどこにいる」

「聖堂だ」

「わかった、このまま一気に突っ込む。馬、いいか」

「いいっすよ〜。あっでも、神様と姐さん送ったらおれ、逃げていいっすか〜」

「無論だ」

　ブヒヒン、と馬精霊は馬らしく鼻をならす。

　神様があたしを片腕で抱き込み、身を低くする。あたしも馬にしがみついて叫んだ。

「いっけえええッ‼」

　次の瞬間。風より速く直線距離で丘の上の聖堂に向けて馬精霊が突っ込んでいく。

　そのまま馬精霊は砲弾のように、聖堂のドームを派手に突き破る。

　ドッカァァンッ！

　馬精霊の風圧を感じさせない不思議な防御壁に守られ、あたしたちは無傷だ。むしろ衝撃でドームの上半分が吹っ飛んで、霊泉はもはや露天風呂の様相だ。

「聖堂をぶっ壊すたぁ、景気いいな神様」

「これが一番早い」

「はは、あたしもこれが一番好きだ」

涸れた霊泉の浴槽は痛々しいほどに乾燥していた。湯口に刺さっていた聖遺物は当然失われている。廃墟と化した聖堂には、防御壁に守られた影があった。

赤銅色の短髪で、鍛えて分厚い体をした高貴そうな青年。身に纏った礼装には、正統な王家の血をひく者しか身につけられない紋章が描かれている。

――サイティシガ王国第二王子、ケイゼン王子殿下だ。

彼はあたしではなく、神様を見て微笑んだ。

「ここに必ず来ると思っていたよ、土地神カヤ」

「……！」

あたしはゾクッとした。

普通の人間ならば、神様を見てもただの若い男にしか見えない。

――神様を『土地神カヤ』と判別できるのは、つまり。

「やはりあんたが、一連の騒動の首謀者か……」

第二王子はあたしを見て、訝しげに眉根を寄せた。

「土地神カヤ。なんだその子供は」

「彼女は、」

言おうとする神様を制し、あたしは彼に一歩踏み出す。

「……あなたが、この国をめちゃくちゃにしようとしているんですね」

「閉鎖的で保守的な凝り固まったこの国を変えられるのは実質的な王太子である僕だ。そして弱体化した土地神などはこの国に必要ない。必要なのは——時代に即した、強い神だ」

彼の傍には、彼の身長と同じくらいの大きさの豪奢な姿見が置かれている。

その鏡面には、この場にいない妖艶な美女の姿が映し出されていた。

二十代くらいだろうか。髪は長く鋭い銀髪で、肌は青く、眼は白目が黒く瞳は銀。体にぴったりと張り付くような革の服を纏っている。

彼女はこちらを一瞥すると、第二王子ケイゼンを見て恋人のような甘い顔で目を細めた。

『ケイゼン。全ては妾の思うまま。よくできたわね』

第二王子もまた、恋人を見るように目を細め——鏡面に口付けた。

「当然だよ、ストレイシア。……僕の愛しい女神様」

鏡にうっとりと頬を寄せた彼を見て、あたしは戦慄《わなな》きと共に呟いた。

「……異国の神に籠絡されちまったのか、この色ボケボンクラ王子が」

王太子はロリコンで病んでいる。次男の王子は色ボケだ。

もういっそ潰した方がいいのでは？　この国は——神様の国だからやらねえけど。

神様が隣で呟く。

「ストレイシア……聞き覚えがない。大陸の下位神なら全てわかるはずなのだが」

ぴく、と女神──ストレイシアの眉が不快感を示した。

真顔で疑問を呈する神様の隣で、あたしは口を開く。

「ストレリティカ連合王国は新興国だ。連合王国の片方、ヨジェ王国は定住しない騎馬民族だったはずだ……土地に紐付いていない彼らが信仰してきた神じゃないのか？」

「いや。そうだとしても神格がおかしい……低過ぎる」

「低い？」

しばらく口元に手を当て考えていた神様は、はっと思いついたように顔をあげた。

「そうか。ただの低級精霊か。……だから俺を弱体化させてもなお、魔鏡から出られない」

『妾を愚弄するなッ。旧神ごときが勝手なことを、ごちゃごちゃと』

顔に明らかな怒りを浮かべながら、ストレイシアは話を遮る。

『妾は時代に求められ生じ、人に認められし現代の神。古くさいお前とは違う。お前など旧神にして邪神、堕落した愚かな蛇神。お前が妾を知らずとも当然よ！』

「落ち着いてストレイシア。所詮あちらはただの子供と、人間レベルの弱体化した神さ」

隣の第二王子が恋人のように鏡に寄り添い、唇の端を吊り上げた。

「土地神カヤもおしまいなのは歴然としているだろう？　霊泉も涸れはて、泥沼の権力争いで教会の威光も聖女への畏敬もめちゃくちゃだ」

芝居がかったように腕を広げ、さらに第二王子は言いつのる。

「さらには僕が鏡から転移させたオークに中枢領域は穢された。聖遺物だって君の言う通りに霊

泉から引き抜いて隠した。あれが壊されない限り、土地神カヤは本当の力を発揮できないのだろう？　……順調に今のサイティシガ王国は終わる。君の時代はすぐさ、ストレイシア」

「……あの。殿下」

　あたしは一歩前に出て第二王子を睨む。

「殿下ともあろうお方が、なぜそんな鏡女に従っていらっしゃるのですか。国を壊そうとなさるのですか。洗脳されてるわけじゃないんでしょう？」

「洗脳？　くだらない。僕は僕の本心として愛している、彼女を……」

　第二王子は恍惚とした顔で語り始めた。

　父の期待を胸に留学に向かった先で、サイティシガ王国の発展の遅れを痛感したこと。国の期待を背負った第二王子でありながら、ストレリティカ連合王国の貴族学校では実力でも家柄でも埋もれてしまった悔しさ。後進国の王子として悩み惑い、心細い日々を送っていたところで、神殿の奥で出会った彼女に惹かれたことを――。

　温室育ちの坊ちゃんが悪い女と色気と思想に騙されて陶酔。まあよくある話だ。

　あたしはつまらない話を聞き流しながら、聖堂内に聖遺物がないか探していた。それっぽいものは見当たらない。あちらにとっても重要なものだから、聖堂をぶっ壊して突入すれば、庇ったり隠したりするかなと期待していたのだが――ここにはないようだ。

　あたしは熱を持って語る第二王子を無視して、神様と心の中で会話する。

（なあ神様、霊泉は聖遺物なしに回復できるのか？）

（今の俺では……難しい）

（先に聖遺物探さなきゃってことだな）

「ええい、無視するな、貴様ら！」

「ああ、今はちょっとやめてくれません？　坊ちゃんの世迷い言を聞いてる暇はないんで」

「よっ世迷い言だと⁉　し、失礼な！」

　露骨に第二王子は嫌悪感をむき出しにする。

「そもそもお前は誰だ！　名を名乗れ、無礼者！」

「……確かにご指摘の通り礼を欠いていましたね」

　あたしは姿勢を正して、名を名乗る――もう、こいつには本名でいいだろ。

「元筆頭聖女、シャーレーン・ヒラエスでございます。第二王子殿下」

「シャーレーン……」

　思い出したように、ハッと第二王子が目を見開く。

「貴様、どこをどう捜してもいないと思ったら……姿を変えていたのか！」

「……なるほど。あたしを殺したのも、居所を捜していた聖女護衛騎士も殿下とその女の差金ということで？」

「ああ。僕がこの国を変えるために彼女の力を借りたんだ。僕の旧知の仲間に僕と彼女の目的を『理解』してもらい、聖女護衛騎士団や王宮医局に入ってもらったのさ」

「へえ？」

あたしは目を眇める。

「その旧知のお仲間さんたちが、魂を抜かれていたと知っていて使っていたのですか？」

第二王子はぽかんとする。

「魂を？　魔鏡での会話を通じて、僕と彼女の理想を伝え『理解』してもらっただけだが」

「……そこの鏡女。本当のことを殿下に伝えてねえだろ」

『何を言っているのかしら？　妾にはわからないわ』

ストレイシアがわざとらしく首を傾げてみせる。

確信した。こいつは――わざと第二王子に伝えていない。

以前神様は言った。あたしを殺そうとした聖女護衛騎士は『人間の命の感覚がしなかった』と。つまり鏡越しに彼らはストレイシアの傀儡とされていたのだろう。

そして抜かれた魂はおそらく、もう……。

「何人が犠牲になったんだ……」

あたしはぎゅっと拳を握りしめる。

今も外ではオークの騒乱が続いている。怒りと焦りで、頭がぐちゃぐちゃになりそうだ。

外から聞こえてきた爆発音に、あたしは弾かれるように第二王子を見た。

「殿下。あなたの仲間はみんな殺されたのですよ。魂を抜かれ、傀儡にされた」

「嘘だ。ストレイシアはそんなことをしない」

「目を覚ましてください、そして今すぐに聖遺物のありかを教えてください」

あたしの言葉に答えたのは第二王子ではなく、隣の鏡のストレイシアだ。

『ご冗談！　彼があなたたちに渡すわけがないでしょう？』

あたしはストレイシアを無視しながら、神様に尋ねる。

(神様、聖遺物があの鏡で向こうに送られている可能性は？)

(ない。あの程度の精霊に、聖遺物を転移させる異能はない)

(なるほど、じゃあ近場を探しゃあいいってわけだな)

神様と話を終えたあたしは、第二王子を見た。

「……第二王子殿下。このまま国がその女に乗っ取られてもいいのですか」

「彼女と僕が手を組めば、国をもっと豊かにできる。ストレリティカ連合王国のように」

「その女が土地神かどうかも、怪しいとしてもですか」

あたしは鏡のストレイシアを睥睨する。女は露骨に顔を歪めた。

「先ほど殿下がおっしゃいましたよね？　連合王国の貴族学校では、殿下でさえ『留学でやってきただけの、外国王族の一人』でしかなかったと。……失礼ですがそのような殿下に、国を司る神様が本当に話しかけてくるでしょうか？　なあ、神様どう思う？」

あたしが話を振ると、神様が静かに頷く。

「……名のある土地神は、土地の支配階級か、もしくはそれに準じる相手としか会わない。他国の第二王子と懇意にし、常に傍にいるというのは……よほど暇なのか。もしくは」

「騙ってるって、奴だな」

「そもそも、神ならばシャーレーンの正体に気づけるはずだ、どんなに神格が低かろうとも。このシャーレーンの正体を見破れなかった時点で、その女の底は知れたものだ」

第二王子がカッと顔を赤くするのを、あたしは冷めた目で見ていた——あたしを睨むより、その隣の女が今どんな顔してるか見てみろよ？　図星突かれた顔してんぜ。

「殿下、心細いときに親切にされれば惑うのは当然のことです。あらかた……、『王太子殿下は期待されているから手元に置いて厳しく扱われているだの』……自分を留学させてくれた祖国を信じられなくなるような言葉を言われ続けたんでしょう？」

あたしの言葉一つに、露骨に動揺する第二王子。政治家に向いていない性格のようだ。

「とにかく。今はこの女を止めましょう、殿下。これ以上被害が拡大する前に、あたしに聖遺物を渡してください」

「……もう、引き返せるわけがないだろう」

「えっ」

「やはりこの国の人間はだめだ。僕を信じてくれない。僕を馬鹿にする。どんなに努力しても！」

いきなり感情的になった第二王子に困惑する。第二王子は髪を掻きむしり、ヒステリックに喚く。

「僕が第二王子だから、あの無能で軟弱な兄の方が優遇される……！」

「……愛されているのは第二王子殿下だと聞いてましたが、違うのですか？」

「違う！　そんなもの勝手に言われているだけだ！　……現国王と王太子の時代に全てがめちゃくちゃになってしまわなければ、僕は一生、二番手だ！」

第二王子が暴れる。ストレイシアのにやけた笑みを見て、あたしは腸が煮える怒りを覚えた。

「おいくそ女。あんた……第二王子を……言葉と態度で洗脳したな？」

『妾を低級精霊と罵ったくせに、何を言っているの？　妾は洗脳なんてできない。ただ、面白い話を毎日語り聞かせ、悪夢を見せ続けただけよ？』

「てめえ……！」

第二王子が剣を抜く。

「黙れ。黙れ黙れ。僕を救わないくせに、偉そうなことをいうな、シャーレーン・ヒラエス」

全ての迷いを振り払い、やけくそになった顔だ。

「もう僕は行動を起こした。半端なところで止められるわけがないだろう！」

叫びながら第二王子は剣の切っ先をあたしへと向ける。

「行け！　ストレイシア！　邪神とその妻を殺せ！」

「っ――――！」

神様があたしを背に庇うのと、ストレイシアが手を掲げるのは同時だった。

鏡の中から大量の魔剣が次々と飛び出し、あたしたちを襲う。

神様の前に現れる数多の白い蛇たち。蛇が壁となり、魔剣を弾き落とす。

それでも蛇は傷つき、その身から輝く光を散らして消える。

「ぐッ……！」

痛覚を共有しているのだろう、神様が険しい顔で唇を噛む。あたしは慌てた。

「神様出るなよ、あたしが魔術でやればいいんだから」

鏡の中で、ストレイシアが甲高く笑う。

『言ってやりなさいな蛇神。弱体化し聖域も穢され、お前は土地神としての力を急速に失っていると。今その筆頭聖女が力を使えば、力を貸しているお前の命が削れるのだと』

「……なんだって」

神様は黙っている。その背中が何よりも肯定を示していた。

「神様……どうして言ってくれなかったんだ」

「ここまで弱っているとは想定外だった。俺が守ると言ったのに……不甲斐ない」

『ほほほ。そもそも、筆頭聖女シャーレーンを殺したのはただの思いつきだったのよ？　初代筆頭聖女の眠る地を穢せば弱るかと、軽い気持ちで筆頭聖女を殺させたの。殺しきれなくて残念だったけれど——傷つけるだけでここまで弱ってくれるなんて。あの土地神カヤが！　ああ！　男ってこれだから愚かなのよ！』

ストレイシアは高笑いする。

『小娘。土地神カヤをただの人間程度の男に堕としてくれてありがとう』

「……ハッ、人間程度に堕としたって？」

好きな男を罵倒する妄言を、あたしは鼻で笑い飛ばした。

「あんたのために身内すら手にかけてる第二王子は人間じゃねえか。本音がはみ出してんぞ」

『口が達者ね。何度でも何度でも刺し殺してあげる』

鏡の中から、次々に剣が飛び出してくる。

「逃げろ、シャーレーン！」

「だめだ、あんたも一緒じゃなきゃ！」

神様はあたしを抱いて逃げる。

剣があたしたちを嘲笑うように、体を貫くギリギリの場所をかすめていく。

『ほらほら、二人ともどれくらい逃げられるのかしら⁉』

追いかけてくる剣。にやにやとこちらを見つめるストレイシア。

外からは鳴り止まぬ騒乱が聞こえ、神様はどんどん弱っていく。


あたしたちはなんとか破壊した聖堂の壁の残骸に隠れる。

「終わりだ、土地神カヤとシャーレーン・ヒラエス。骸はストレイシアの力にしてやろう」

第二王子の足音が近づいてきた。神様が、あたしに耳打ちした。

（シャーレーン、頼みがある）

（なんだ？　神様）

（俺が時間稼ぎをする。……この場から逃げてほしい）

「なっ⁉」

思わず顔を見る。神様は真剣な目をして、袖口からこっそりと蛇を出した。今まで見た中で一番小さな、手のひらサイズの小さな蛇だ。

（俺が俺《この体》で食い止める。その間に、分身を連れて逃げてほしい）

（……つまり、あたしに逃げながら、聖遺物を探してほしいってことだな！）

神様は強く頷いた。

コツコツと足音はどんどん近づいてくる。

腰を浮かせながら、神様はあたしに伝えた。

（その蛇さえいれば……この体がどうなっても俺は負けない）

（……すまない、任せることになって）

神様が立ち上がろうとする。あたしはその腕を引いた。

（まって。……顔、こっちに）

神様の袖を引き寄せて、頬に手を添える。

あたしは神様の頬に、触れるだけのキスをした。

「シャーレーン、」

「この姿じゃこれが限界だ。……頼んだぜ、神様《ダーリン》」

いよいよ第二王子が近づいてくる。

神様は最後の力を振り絞って、あたしを抱き上げ——聖堂の外、丘の向こうの空に向けて、思い切りぶん投げた！

「なッ……！」

「お前たちの相手は俺だ。……シャーレーンには、指一本も触れさせない」

自由落下をしながら、あたしは鏡に向かって走っていく神様を見送った。

——あたしを守る神様の横顔が、あまりに美しかった。

神様に大量の剣が降り注ぐ。あたしは目を背ける。神様が、どうなっているのか——見ることなんてできなかった。

「……ごめん、神様……！」

あたしは蛇を胸元に抱きしめて、丘の真下——教会の方へと真っ逆様に落ちていく。

最後の受け身を取る魔術くらいは使えそうだ。

「っ……と……」

魔術で衝撃を和らげ、あたしは教会の裏手に着地した。

聖堂の悲壮な別れも、オークの騒乱も嘘のようにしんと静まり返っている。きっと全ての者が籠城や救援に出払っているのだろう。あたしは立ち上がり、胸に抱いた蛇を見た。

「神様、大丈夫か？」

蛇はぐったりとして動かない。呼べばぴくりと動くので意識はあるようだ。

「しばらく我慢してくれよ。……すぐに聖遺物を探すから」

蛇を胸にしまって、あたしは辺りを見回した。

「異能も何もかも使えない……ただの八歳児、か」

急に十年前の攫われたあの日の無力感が蘇ってきた。

そして教会を飛び出して故郷に帰って、父の人生を変えてしまった罪を感じた。

今日もまた、神様に身を挺して助けられた。

あたしは自分の両頬をぺちんと強めに叩く。そしてぎゅっと拳を握った。

「……落ち込んでいる場合じゃねえ。今度こそ、大切な人を助けるんだ」

あたしは駆け出し、人が多く集まる場所へと向かう。

今は幸運にも身分や職業問わずに様々な人々が集まってオークに対抗している。その中で聞き回るのが一番近道だろう。あんな錆びついた棒を第二王子が持ち歩いていたら、きっと覚えている人もいる。

「まってろよ、神様！　……あたしが、絶対助けるからな！」

◇　別視点／ルルミヤ　◇

――シャーレーンが聖遺物を探している頃。

ルルミヤが目を覚ますと、自分を見下ろしてくるいくつもの顔と目が合った。

「……ッ!?」

驚くルルミヤに、皆一様に目を輝かせた。

窓の外では遠く騒がしい音が聞こえる。普通の事態ではないとすぐにわかった。

「おお、目を覚ましましたかルルミヤ様」

「わたくしは……」

ルルミヤは体を起こす。

周りに集まった者たちは皆一様にボロボロに汚れ、血や土に塗れている。

「一体何が起きているの？　わたくしはどれくらい眠っていたの？　ここは……？」

「筆頭聖女ルルミヤ様。あなた様にしかできない奇跡を今一度起こしていただきたい」

神官が絹に包み、不気味な笑顔で手渡してきたのは、長い錆びた棒状の聖遺物で。

「そ、それは……」

目に入った瞬間、奇跡を起こした瞬間の感覚を思い出し、本能的な恐怖と嫌悪感が全身を震わせた。逃げようと視線を彷徨わせたものの、ベッドの両脇に集まった人々は、爛々とした眼差しでルルミヤに懇願する。

「お願いします。聖女になってください、ルルミヤ様」

「外には怪我人が溢れています。ルルミヤ様の聖女異能を今こそ知らしめるときです」

「でも……わたくしは……」

ルルミヤが目覚めたことを聞きつけたのだろう、次々と人が集まってくる。人々が口々に懇願し、筆頭聖女ルルミヤにしかできない奇跡を起こせと懇願する。

その熱気に押されていると、聖遺物を持ってきた神官はさらに言いつのった。

「あなた様に奇跡を起こしていただくため、大神官マウリシオ様が命を賭して探索しました。大神官様は遺言を――『奇跡を起こした筆頭聖女を次期大神官代行に』、と」

　ルルミヤは目を見張った。あの大神官マウリシオは死んだのだ。

そして、実質的な後継を己に譲ると言ったのだ――言わせたのだ、ついに！

「わたくしが……初の、筆頭聖女兼、大神官代行になるのですね……？」

次第にルルミヤは、苦しみが遠いもののように感じられてきた。

「急いでください！　あなたなら助けられるんです！」

怒り、焦り、涙、懇願。その熱気と上昇欲求で、すっかりルルミヤは本気になった。

――その言葉の真偽を疑うこともなく。

「承知いたしました。わたくしが筆頭聖女として皆様をお救いいたします！」

立ち上がろうとして、ルルミヤはずるりとベッドから崩れ落ちる。そのとき目に入った自分の手が、妙に細くパサパサとしていることにルルミヤは気づかない。

気が変わらぬうちにと、人々はルルミヤを怪我人が集まる広場まで連れて行った。

「……なんですの、これは……」

笑顔だったルルミヤも、教会を出て現状が見えてくると言葉を失った。豚のきつい臭いがする。血と臓物の臭いがあちこちから漂ってきた。

空高くには何かに狙いを定めるかのように、幾本もの剣が旋回している。

「あの剣はなんですの……!?」

「わかりません。あれの被害は出ていないのですが、魔術師でも発動者の特定ができず意図が読めないとのことで……」

広場にたどり着いたとき、ルルミヤは杖を握りしめがくがくと震えていた。

それでも騎士は下ろさないので、逃げることはできない。

「ルルミヤ様が来たぞ！」

「ルルミヤ様……！」

広場に集められた怪我人たちは、死者がいないというのが奇跡とも思える有様だった。

視界の端から端まで、目を背けたくなるような光景が広がっている。

ルルミヤの姿を見ると、遠くに離れていた人々も次々と集まってきた。オークから逃げながら走ってこちらまでやってくる者までいる。

恐怖で萎えかけていた心が、注目をされることで再び力を取り戻した。

（そうよ。わたくしならば、奇跡は何度でも起こせるわ。この聖遺物さえあれば……！）

ルルミヤは覚悟を決め、深呼吸をした。

「皆様……わたくしがこれから癒やします！『神よ、善き信仰者に治癒の祝福を』……！」

杖を持ち、ルルミヤは高らかに叫ぶ。周囲の人々はルルミヤに期待の眼差しを向ける。その注目を心地よく感じながら、ルルミヤは悲鳴を堪える。身体中の力が根こそぎ杖に吸い上げられる。内臓が口から出てきそうな苦しみに、ルルミヤは歯を食いしばる。

（お願い、お願い、お願い……お願い‼）

称賛の声を待っていた。拍手喝采を待っていた。

けれどもいつまでも苦しみに耐え続けても、ルルミヤの周りは静まり返っていた。

「聖女様……？」

「ルルミヤ……様……？」

目を開いて辺りを見回し、衝撃を受ける。

苦痛に歪む怪我人の表情は変わらない。ルルミヤが苦しいばかりで、ちっとも治癒ができていない。元々のルルミヤの治癒異能でも治せるようなかすり傷すら、治せていない。

「あああああッ！！　お願いッッ‼　お願いッ‼　治ってえええええ！！！」

口と鼻から血が噴き出す。目からも出血し、視界が遮られる。

「ルルミヤ様、もうおやめください！」

誰かが泣きそうな声で止めてくれている。

けれどルルミヤを案じる声の何倍も巻き起こるのは——哀叫と罵倒と怒号だった。

「筆頭聖女なんだろ⁉　奇跡起こしてくれよ！　頼むよ！」

「痛いッ……痛いよおおおッ……！　なんとかしてえ！」

（どうして。どうして。どうして）

「ダメだ、やはりもう聖女の力は……！」

「もうおしまいだ‼」

（わたくしは筆頭聖女、奇跡を起こせるの、わたくしは努力をして這い上がってきた、絶対誰にも負けはしない、美しく強く全てを手に入れる、わたくしはわたくしはわたくしは、）

「ああああああああッ！！！」

――ぷつり。

何かが切れた音がして、ルルミヤの体から力が抜けた。

音も遠くなっていく。痛みや苦しみ、そんな感覚が全て遠くなった。

◇◇◇

危険な場所を八歳児の姿で走り回っていると当然目立つ。

一人の神官があたしを必死の形相で追いかけてきた。

「そこの子供！　何やってんだ！　危険だぞ！」

神官は自分の怪我は構わず、あたしが怪我をしていないか確認する。

彼の優しさにじんとしてる場合じゃない。あたしは訴えた。

「神官さん助けて！　神様が言ってるんだ、『聖遺物を探して』って！」

「聖遺物……ルルミヤ様が使っていたあれか！」

「うん、あれがあれば、みんなを助けられるって神様が」

「神様……君が言っているのは土地神カヤのことなのか？」

あたしたちの姿にまた一人「危ないぞ！」と声をかけて人が集まる。

「それが、この子が聖遺物を探さないといけないって、神のお告げを受けたって」

「神のお告げだと⁉」

「あっ、その子わたし見たわ！　シャーレーン様みたいに、みんなを癒やしてた子ね！」

「シャーレーン様のような……⁉」

「おい、神のお告げっていうのも、もしかして……！」

次々と人が集まってきて、顔を見合わせ心を一つにする。

「オークが来るぞ！」

「とにかく、この子を守るのよ！」

集まった服装も年齢も違う大人たちは、あたしを抱き上げて庇いながら逃げてくれる。

そして、あたしの代わりに、次々に周りに声をかけてくれた。

「あのルルミヤ様が使ってた聖遺物は⁉」

「知らない！　でも教会じゃない⁉　ちょっとわたし探して来る！」

「城の方なら俺が探すぜ！　お前らも手伝え！」

「そっちにメイドたちが行くなら、オークはこっちで引きつけるぞ！」

「おー！」

王宮、貴族議会堂、教会。国の中枢とも言える場所があちこち崩れ去り、空からは剣が降ってくる。絶望的な状況なのに、みんな諦めず、必死で今できることをやっている。

ひとりの年嵩の修道女が、神官に抱き上げられたあたしの頬を拭ってくれた。

「よく頑張ったわね。大丈夫よ。土地神カヤ様はあなたを見守ってくれているわ」

彼女の優しい声と、柔らかな手が、あたしを撫でて微笑む。

「わたしのこの右手はね。昔事故でちぎれていたのだけれど、あのシャーレーン様が治してくれたの。……あなたもたくさんの人を救おうとしている。あなたもあの人とよく似ているわ」

「修道女さん……」

「きっと神様もあなたのことを愛しているでしょうね」

榛色の透き通った瞳に、あたしの顔が映っている。シャーレーンとしての人生と、シャルテとしての生き方を、まるごと抱きしめられた気がした。

——だめだ。泣くにはまだ早い。あたしは目を擦り、笑顔を作った。

「あたしシャルテ。王妃様推薦で聖女になる予定だったんだ」

一部の神官がどよめく。あたしは頷いてみせた。

「噂には聞いていたぞ、君だったのか」

「聖遺物を探して。あれを正しく使えば、みんなを助けられるんだ！」

人々はあたしを守りながら、人海戦術で次々と聖遺物捜索に協力してくれた。

そしてついに、一人の聖女が息を切らして走ってくる。

「聖遺物なら、さっきあの人たちが持って行ったみたい！」

「誰が！　どこに⁉」

「ルルミヤ様にまた奇跡を起こしてもらうためにって、一部の神官と聖女たちが……！」

「そうか、重傷者の手当てをしている連中か！　気持ちはわかる！」

「急ぐぞ！　……シャルテちゃん、俺の全力疾走に乗ってくれるかい？」

「もちろんだよ、お願い！」

筋骨隆々な騎士はあたしを肩車すると、全力疾走で聖遺物の場所へ運んでくれる。

「うおおおおおおッ！！！」

「は、速い！　揺れる！　すごい！」

あたしは興奮しながら兜の頭にしがみつく。そしてあたしたちは目標を捉えた。

叫びながら錆びた聖遺物を掲げるルルミヤだ。

「……あれが、ルルミヤなの、か……？」

その姿に興奮が一瞬冷める。美しい女だったルルミヤが悲惨な状態になって倒れた。

体中から血と体液を垂れ流し、蠱惑的だった体は痩せ細り、髪は半分が白髪になっている。

「なんで、あんたは……」

あたしは唇を噛んだ——ルルミヤは愚かだ。

人を人と思わず、蹴落とすことと成り上がることばかり考えて。

愚かで、利己的で、貪欲で、身の程知らずの哀れな女。

同情の余地はない。けれど——その結末がこれなのは、あまりにも。

「……大丈夫かい、シャルテちゃん」

ルルミヤの惨状を見て、あたしを下ろした騎士さんが膝をついてあたしの顔を見た。

兜のバイザーの合間から見える双眸は険しい。

「やっぱり辞めよう。俺は君にやらせたくない、こんな危ないこと」

肩を掴んで、彼はあたしの目を見て訴えた。

「この国がめちゃくちゃになっている責任は、大人である俺たちにあるのに……こんな幼い女の子に、聖女だから……国を救えなんて……」

「……優しいね、騎士さん」

跪いた彼に微笑むと、あたしは手をほどく。

あたしはまた一つ思い出す。教会に攫われて聖女として祭り上げられて、悲しくて寂しくて、それでも笑って求められる聖女としてハリボテを被ってきた日々を。

——あの日々を務め上げられたのは、こういう人たちがいたから。立場上反発はできないながらも、幼女《こども》を利用することに悩んでくれた人たちはいた。

今日だってたくさんの人たちが力を貸してくれた。

あたしはハリボテの聖女だった。けれど彼らを守りたい思いはハリボテじゃない。

優しい人たちを守りたいと思ったんだ——あたしの持つ、聖女という力で。

「大丈夫だよ」

兜のバイザーを上げ、あたしは素顔の騎士に微笑んだ。

「あたしは神に愛されし聖女、ってやつだから。全部なんとかする、任せて」

「シャルテちゃん……」

強く頷いてみせて、あたしはルルミヤまで駆けだす。

周りの邪魔が入る前に、あたしはルルミヤの胸に置かれた聖遺物をぱっと奪い取る。

もう、時間はない――最後に、ルルミヤに一瞥を向けた。

「……随分なザマだな、ルルミヤちゃん」

「あ……」

ぴくりとルルミヤは動く。

「あんたは最低だが、一つくらいは褒めてやる。派手な声出して聖遺物抱えて、出てきてくれてありがとな」

「あなたは……シャーレーン、なの？」

あたしは思わず目を見開き、そして苦笑いする。

「王太子殿下さえ信じてくれなかったのに。あんただけがあたしに一発で気づくなんてな」

ルルミヤに背を向け、あたしは聖遺物で地を突いた。

今のあたしの二倍ほどの長さがあるそれは、細い錆びた物干し竿――と言った感じだ。

不思議と重さを全く感じない。

空に向かった錆びた頂点の塊は一見汚いだけだけど、あたしは魂が震えるのを感じた。

蛇――神様が、あたしの胸元で蠢く。

襟を引っ張って中を覗くと、とぐろを巻いて目を閉じていた。神様も限界みたいだ。

周りの喧騒が遠くなっていく。心が研ぎ澄まされていくのを感じる。

――記憶が全て戻ったわけじゃない、けれど絶対的な確信が心を満たしていく。

そうだ。あたしはシャーレーン。
前世も今も、同じ金髪でふわふわの髪で、瞳も橙で。姿形もそのままだ。
あたしはあたしで生まれて、あたしで死んで――また、ここに生まれ変わった。
何度生まれ変わっても、あたしは変わらず神様を愛していく。
気がつけば聖遺物はきらきらと輝く儀礼剣になっていた。
柄には白磁にささやかに金の装飾と蛇の模様が絡みついている。
まっすぐな刀身には――初代筆頭聖女とうり二つの、あたしの顔が映っている。
あたしは神様が入っている胸元に左手を添え、右手で強く、剣を空に掲げた。
「神様。待たせたね。あんたの本当の姿……早く見せてよ」
――カヤ。
あたしが名前を口にした次の瞬間、あたしの足の下から地響きが聞こえ始めた。
人々がどよめく。
「な、なんだ!?」
地面が割れ、光が溢れる。そして突然だった。
轟音を立てて、光り輝く霊泉の湯柱が、空に一直線に伸びていく。
あたたかな飛沫を一面に撒き散らしながら湯柱は、虹を貫き、高く、高く伸びていく。
心地良く天にのぼる透き通ったそれは――空を覆い尽くすほど大きな、銀の龍だった。
「……神様……」

胸元で蠢いていた蛇は消えていた。

手のひらの中でボロボロと剣が崩れて消えていく。

「初代筆頭聖女との契約も終わって……国から解き放たれて……本当の姿に戻れたな」

龍神と蛇神はときに同一視される。蛇の姿も神様にとっては弱体化した姿だ。

彼の本当の姿は、大陸の地下深くを満たす霊泉の権能そのもの――龍神だった。

あたしは神様の姿を見上げ、その美しさに圧倒された。

神様の流し目だけでオークは消滅し、聖堂はそのものが蒸発し消えた。

あの様子ならば――第二王子もストレイシアも、おそらく。

神様から降り注ぐ霊泉の飛沫で、傷ついた人々は癒やされていく。燃えていた建物や破壊された建物もあるべき姿に戻る。全ては神の権能によって元通りになる。

「あれ」

ふと、視界が高くなっていることに気づく。

あたしは十八歳のシャーレーンの姿に戻っていた。纏っている服も、元の筆頭聖女装束によく似せたデザインになっている。縫い目がなくて、どうなってるかよくわからないのが神様らしい。

あたしは空を見上げた。

「……あんた、こんなに綺麗だったんだな」

空を泳ぐ神様は、あまりに神々しく、夢のような光景だった。

王国全土――国外からも、この美しい姿は見えているだろう。揺らいでいた信仰心は戻るに違いない。また、神様は人々の心の支えになっていく。

「……そうだよね、あたしだけの神様《ひと》じゃないよね、神様は……」

あたしは寂しいようなすがすがしいような、不思議な気持ちで神様を見つめていた。

このまま神様とは離れてしまうのかもしれないと、淡い予感のようなものを感じながら。

「さよなら、あたしだけの神様」

そう呟いた瞬間。

空の神様が、グルンとこちらを見た。金の双眸が、墜落する勢いでこちらに迫ってくる。

「ひ……!?」

視界いっぱい、神様の眼球になったと思ったところで、パンッと神様の姿が湯に戻って弾ける。

空から、水飛沫を纏いながらいつもの神様が自由落下で降ってきた。真顔で。

――ぶつかる！

あたしは反射的に身構え目を閉じる。

しばらくしても水の落ちる衝撃も重たい音も聞こえなかった。

代わりに――あたしはぎゅっと神様に抱きしめられていた。

「シャーレーン」

「……か、神様……」

顔が近い。そう思ったところで、あたしも十八歳の姿に戻っていたことを思い出す。

女にしては背が高いあたしよりさらに高い位置から、神様が金色の双眸でこちらをじっと見ていた。笑っていない。ぎゅっと強い腕に力を込めて、神様は低い声で言う。

「俺はあなたの夫だと言ったはずだ。呼べば行くし、俺はあなたの傍にいる」

「わ、わかってるって」

「なぜさよならと言った。教えてほしい。別れの言葉の意図を、それを口にした心情を」

「それはさあ、ほら、みんなの神様だし、遠い存在になっちゃったなあ……というかさ」

「シャーレーンは俺から離れたいのか」

「だって！　あ、あんな綺麗な姿見ちゃあ、気後れするじゃねえか！　人間《あたし》一人の夫《おとこ》にしていいのかってさあ！」

「……綺麗、か……」

神様は口元を覆って顔を背ける。あたしは顔を覗き込んだ。

「……照れてんのか？」

「少し」

「可愛いな、おい」

神様は改めてあたしの顔を見つめた。神様らしい金の双眸に、あたしだけが映っている。

「……俺はシャーレーンの夫だ。それだけが絶対の真実で、俺のたった一つの願いだ」

「わかったよ。誰にも譲らないよ。……ずっとあたしだけの神様でいてよ」

面と向かって言うのはむずがゆい。あたしが照れ笑いを浮かべると、神様は目を細めた。

「……嬉しい」

神様の瞳がいつもの真っ黒な瞳に戻る。お互いに、あるべき場所に帰ってきた。そんな腑に落ちるような心地がして、あたしは背伸びしてキスをした。

驚いた顔をする神様に、あたしは目を眇めて笑う。

「ふふ、驚いただろ」

「シャーレーン……」

「愛してる。大好きだよ、神様《カヤ》。あたしが死のうが生きようが生まれ変わろうが、どんな姿になってもさ、傍にいて。何度だって、いつまでも」

「……当然だ、シャーレーン」

あたしはきつく抱きしめる神様に、体を委ねて目を閉じた。

——周りはめちゃくちゃのまま？

——第二王子はどうなった？　ストレイシアは？　ルルミヤは？　国は？　教会は？

知らねえよ。

聖女としての勤めは果たしたんだから、後始末は偉い連中のオシゴトさ。

あたしは育ちの悪いハリボテの聖女。後はそっちで頑張れよ。

エピローグ

大陸歴七三二年をサイティシガ王国は『再臨年』とした。

土地神カヤが顕現し、奇跡を起こしたことに由来する。

そのとき現れた謎の聖女についても、様々な噂が飛び交った。

異世界から再び現れた先代筆頭聖女《シャーレーン》が、土地神カヤを呼び戻したとか。

国難に初代筆頭聖女が生まれ変わり、土地神カヤに祈りを捧げて国を救ったのだとか。

そもそも初代筆頭聖女も土地神カヤも同じ存在なのではないかとか。

いやいや土地神カヤも初代筆頭聖女も関係ない、土地神カヤの奇跡が起こる直前、あちこち走り回っていた幼女《こども》が、本来の神様なのではないか⁉　という新説まで。

話には尾鰭がついて、ああでもないこうでもないと日々宗教論争が続いている。

しかし彼らにも共通した認識はあった。


――我らの土地神は、自分たちを見捨てずにこの国を守ってくれたのだと。


「それが一番間違ってんだけどな」

あれこれと話を聞くたびに、あたしは苦笑いした。

人のことなんて知ったこっちゃない。

神様はただ、シンプルに土地神であたしの伴侶《つがい》なだけだ。

『再臨年』から二年が経過した、商業都市マケイド。

商店街から少し離れた一角、アパートメントの一階にある薬草茶の店。通りに面した窓辺以外には、一面に所狭しと薬草茶の商品が並んでいる。瓶の量り売りにすでに袋詰めにしたものから、近所のパン屋が時々置いていく日持ちするラスクまで、店の規模にしては結構な品揃えだ。元は喫茶店の居抜きなので、女性に人気が出るような、瀟洒なマホガニーの調度品でまとめられている。

昨日が店休日だったからか、朝から客足がなかなか途切れず、ようやく『休憩中』のドアプレートを下げられたのは昼下がり。

あたしは店内のキッチンに向かい、遅めの昼食の準備に取り掛かる。

軽く焼いたパンに目玉焼きとバターを溶かし、少しの蜂蜜に適当な葉物野菜を挟んでぎゅっとする。うっかり挟み忘れたソーセージは適当にお茶を淹れつつつまんで。元喫茶店の居抜き物件だから、キッチンが使いやすくて助かる。

キッチンの椅子に座っていると、白い小さな蛇がちょろちょろと舌を出しながらやってくる。

「食べるか？」

唇を舐めながら笑ってみせると、蛇は興味なさそうにとぐろを巻く。そのまま蛇と二人で過ごしながら、黙って平らげたところでちょうどドアベルが鳴った。

「遅かったな……あ、ロバートソンさん」

「ふふ、人違いでごめんね、シャルテちゃん」

ロバートソン商会長は色男らしく片目を閉じて帽子をあげる。気障な態度もよく似合う。あたしはいつもの薬草茶の準備をした。彼は上着と帽子を従者に渡すと、試飲用の席にゆったりと腰を下ろす。その間に白い蛇は姿を消していた。

「今はシャルテちゃん一人？」

「はい。夫はちょっと用事で」

「不用心じゃない？」

「あはは、大丈夫ですよ。ちゃんと見張りはいますので」

見張りはいくらでもいる。天井裏とか、足元とか、あたしの袖の中とか。

なんなら今もあんたのことを見てるぜ？　と思うけど、それは黙ってていい話だ。

「ちょっと王都に行ってきたからお土産と、お土産話をね」

商会長は時々、約束《アポ》なしにここにやってきては雑談と買い物をしていってくれる。このテナントを取り継いでくれたのも彼だ。

「シャルテちゃんもこっちに座りなよ。お茶してたんでしょ？」

「では」

厚意に甘えて向かいの椅子に座ると、「はい、お土産」と紙袋に入れた角張ったものを渡してくる。開いてみて中を覗いて、あたしは思わず商会長の顔を見た。

「これっ……！」

「あ、やっぱり知ってたんだ。最新版の薬草学の本。俺はよく知らないけどその筋では大人気らしいね」

「この国では教会総本山の図書館にも入ってなかった本なんです。……嬉しいなあ……」

この本を読めば、父の作っていた薬についてもわかるかもしれない。この国の薬草学とは全く違う体系の知識で薬師を営んでいたので、筆頭聖女時代に色々調べたけれど結局わからないことだらけだったのだ。

本を胸に抱き、あたしは心からお礼を言う。

「ありがとうございます」

商会長は満足げに目を細めると、足を組み直して遠い目をした。

「さあて、何から話そうかな。王都で話題になってる、最近の王位継承権騒動から話そうかな？……」

彼はこうして時々ふらりと、新聞に載らない王都の事情をそれとなく話しに来てくれた。

――再臨年といえば縁起はいいけれど、あの年からこっち二年間、国はもうめちゃくちゃだった。行方不明になった第二王子を取り巻く黒い疑惑（異国で原因不明の病で死んだとか呪われたとかなんとか噂はあるものの、国際問題なのでさすがにロバートソン商会長の立場にまで具体的な話は入ってこない）、教会大再編、国王陛下の病気による王妃様の公務代行に……とにかく、色々大変なことがあったようだ。

ストレリティカ連合王国は今回の件について、表向き無関係を貫いているらしい。

――けれど神様曰く、あの国の神様マガイが神様になったつもりで第二王子を誑かし、乗り込んできたということまではまごうことなき事実。そのことに王国側が気づいているかどうかは定かではないけれど、事件以降、どうやら国交も断絶しているらしい。

それ以上の政治の事情は、今んところは足を突っ込みたくないかな。

ルルミヤは歴代筆頭聖女からも抹消。後ろ盾も何もかも失った彼女は「その名を口に出してはならない人」になっている。生きているのかだけ神様に聞くと、神様はいつもの真っ黒い瞳を細くして、聞かなかったことにしてくる。……そこまで言いたくないようなことになってんの？

ま、あたし十歳だからわかんないや。

教会は良い意味で元に戻ったらしい。聖女たちは慎ましやかに人々を癒やし、神官たちも神の聖域を守る。筆頭聖女という職業はなくなった。永久欠番で筆頭聖女は初代筆頭聖女のみ、ということになったからだ。

「いやあ、今王都の貴族や神官聖女は大変だろうね。王太子殿下なんてぬくぬくお坊ちゃんしてたかと思ったら、今では騎士団の一番過酷と言われる魔物討伐隊で精神修行だって。王妃様もよくやるよねえ」

「大変ですねえ」

「まあ大変な人も多いだろうけど、俺は色々儲けさせてもらってるから助かるけどね」

「あははは……」

教会内部のルルミヤ派と癒着していた有力者は呆気なく没落した。代わりに台頭したのは目の前のロバートソン商会長も所属する対抗勢力だ。彼らは聖女シャーレーンが筆頭聖女だった時代を「希望の十年」と銘打ち、『異世界に帰還した聖女シャーレーンの思いを引き継いだ社会活動』を大義名ぶ……モットーに、ガタガタになった国内にどんどん勢力を広げているようだ。あたしただの十歳の子供だからわかんないけど。

「そうそう。シャルテちゃん。良い缶屋さんと仲良くなったから、今度うちの紹介で顔つなぎしてあげる。茶葉を入れる缶を探してるって言ってたでしょ？」

「ありがとうございます。でも何度も言いますけど、そういうお仕事の話は主人に言った方がいいんじゃ？」

「ふふふ、そうかな？」

「ふふふ、だってわたし十歳ですし？　店長は主人ですよお」

「ふふふふ、そうだね」

あたしたちは当たり障りのない笑顔で笑いあう。

あたしが『シャーレーンの御使』として活動していたことは、当時の協力者だったロバートソン商会長や教会関係者だけの秘密だ。あれから筆頭聖女に祭り上げられようとして、ちょっとした面倒な騒動になったからだ。

『はうう、わたし、あれからもう、シャーレーン様の声も聞こえなくなったんですよお～』

でごまかして（たまにしつこい奴はやむを得ず記憶をいじったりしながら）、なんとか平穏な薬草茶屋の幼妻という立場を手に入れている。店はもちろん、神様《カインズ》の店という名目で。

みんな、あたしのことをただのごく普通の子供に戻ったと思ってくれた——けど。

商会長だけは、なぜか、妙にあたしのことを大人扱いしてくるときがある。

今後の安全を考慮すると、記憶をいじった方がいい相手かもしれないが、今はそのままにしている。身元の怪しい神様とあたしの身元保証人として何かと世話してくれるし、何かあったときの後ろ盾として頼りになるからだ。

どうやら王宮や教会の目からも、あたしと神様を陰ながら庇ってくれているようだし。

何を考えているのかわからないけれど——今のところはありがたく甘えている。

頼むからこれ以上踏み込まないでいてくれ。マジで。

商会長は掛け時計を見上げた。

「そろそろ行こうかな。旦那さんがいるときにまた来るよ」

「お待ちしてますね」

「商談も彼がいるときにね。……もちろん、シャルテちゃんも一緒にいるよね？」

「さあ、どうでしょうか？」

彼は意味深な微笑みを浮かべて立ち上がる。

傍に控えていた従者に上着をかけさせると、そしていつものようにあれこれと茶葉を買い求め、次の発注までしてくれた。

「ありがとうございました」

「あ、そういえば」

外で吸うつもりなのだろう、煙草を口に咥えながら商会長はドアを出る前に振り返った。

「もうすぐ夏祭りだよ。今年は外国の行商人も色々やってくるんだ。今ももう街に結構見かけない感じの商人がいるんじゃないかな？」

「へー！　そうなんですね」

「もうすでに露店では珍しいお店が出始めてるから見てみるといいよ。もちろん、知らない人には気をつけるんだよ。シャルテちゃんもまた出店したかったら言ってね」

「ありがとうございます。ロバートソンさんもお気をつけて！」

にこりと微笑みを残し、商会長は馬車に乗って去っていった。

後ろ姿を見送って店に戻ると、神様がすでに席に座っていた。

「うわ、帰ってきたなら言えよ。おかえり」

「……俺がいないときに男を家に入れた」

「家じゃなくて店だろ？　ロバートソンさんは商会長だから大事にしないと。それに神様、なんだかんだ蛇でめちゃくちゃ監視してただろ。三十四匹は見つけたぞ」

「四十一匹だ」

「ホラーじゃねえか」

神様は部屋のあちこちに散らばった蛇を自分に収束させながら（慣れないとほんと怖いだろうな、この光景）じっとりとした目であたしを見る。

「シャーレーンが店を開きたいなら、あの男に頼らずともよかったのに」

「なんだよ、藪から棒に」

「俺なら各地の一番の繁華街に店を建てられる」

「そういうのはいらねえよ。生活は困ってないんだし」

「じゃあなぜ働く」

「それは……あたしはただ……父さんがしてたのを真似したいだけだからさ」

――あたしが自由になってやりたかったこと。

糸の切れた凧のように、自由を持て余していたあたしの着地点。それは八歳からの人生のやり直しだった。

まずは父の真似をして、自分なりに店を持つこと。

薬草茶は薬師の資格がなくとも販売できるし、正式な薬よりも自由な調合で売ることができる。薬草茶に関しての知識と経験は、父から得た知識だけでなく、聖女として働いてきた時代の蓄積がある。

天井から吊るした薬草も、棚の雰囲気も、どれも――失った心懐かしい帰る場所を、自分なりにもう一度、作りたくて。店名もヒラエスにした。父の名前だ。

――かつて、あたしが攫われて異世界から来た聖女として祭り上げられたとき。

　雰囲気作りのために適当な家名をあてがう話が持ち上がった。傀儡としての聖女なので、誰かの養女にしたり既存の家名をつけるわけにはいかなかった。あたしはヒラエスの家名を求めた——流れ者の父の名。この国では意味を持たない、誰も意味を知らない単語。

　結果、あたしは筆頭聖女シャーレーン・ヒラエスになった。

　そして人生やり直している今のあたしはシャルテ・ヒラエス。意味は自分だけが知ればいい。前世も全く同じ名前というのが——運命がちょっと、怖いけどさ。

……あたしは『再臨年』以降、見た目の年齢を好きに変えられるようになった。

　本来なら二十歳だけど、見た目の姿も、何が正解なのか時々わからなくなるときがある。それだって怖いと思うより「神様の妻なんだからそんなもんか」と楽観的に受け止めている。まあいいだろ、深く考えたからっていいことあるわけじゃねえし。

　そんなわけで普段は十歳。シャルテちゃんとして年齢を重ね、あの日奪われた歳月をあたしなりに取り戻している。シャルテとしての人生でも十八歳になったら——そのときはまた改めて、人生を見つめ直すつもりだ。

　あたしは神様へと目を向ける。夜の闇を閉じ込めたような深い黒の瞳が、あたしをまっすぐ見つめてくれる。聖遺物がなくなったことで、神様は国に縛られない神様に戻った。

　神様もまた、ただの神様としての生活の再スタートだ。

「ねえ、神様」

「ん」

「……なんでもない」

「そうか」

「ふふ」

「何がおかしい？」

「いや……呼んだら誰かいてくれるって、幸せだなって」

呼べば返してくれる人がいる幸せ。「なんでもない」と言えるくすぐったさが、嬉しい。

「さて、そろそろ午後の仕事に戻りますかっと」

あたしがうんと伸びをすると、気がつくと背が高くなっていた。

「あれ」

十八歳の姿だ。振り返って、あたしは後ろの神様に文句を言う。

「……ちょっと神様、いきなりこの姿に変えるなよ、びっくりするじゃねえか」

「親愛を示したくなった。十歳《シャルテ》に触れるのは嫌だろう？」

「だからって、デカくすんなよ、ちょ、」

「シャーレーンが嫌がるならやめる」

「…………その言い方、ずるいんだよ」

「人間の愛情表現は嫌いか？」

「嫌いじゃねえよ、だからずるいって言ってんだよ」

「知ってる。シャーレーンは本当に嫌なときは、させない」

「………ついでにデリカシーって言葉も覚えてくれたら嬉しいぜ、神様《ダーリン》」

——神様は人間じゃない。だからあたしが嫌がることはしない。

人間の男としての性欲とかどうのは、そもそも持っていないからだ。

つまり、あたしにこうしてこう、その……こうくることは、つまり、あたしが何を嬉しいと思うのか、愛情表現だと思うのかをわかっていて、その。これ以上は察してほしい。

「愛してる、シャーレーン」

「……ああくそもうわかったよ、あたしの負けだ。少しだけだからな……」

うっとりとした、その目に弱い。蛇のように絡みついて、甘えるように首に顔を埋められると体温がもっとほしくなる。それが仮に人間らしくあたたかくした、まがいものの体温だとしても。身を委ねて、目を閉じる。

あの空を覆う美しい神様が、こんな普通の男みたいなことをしてると思うと、不思議だし、変な気持ちだ。

ようじょだからわかんないって、こういうときも逃げられたらいいんだけど。

「シャーレーン」

「ん……？」

「もう二度と俺から離れないで」

「……わかってるよ」

「愛してる」

「あたしもだよ」

「愛してるって言葉がほしい。後、名前で呼んでほしい」

「……照れるんだよ、なんか」

「誰にも聞かせなければいい」

神様の真っ黒な瞳が、顔が映る至近距離で細くなる。夜の帳みたいな髪の色も相まって、目を開けているのに、目を閉じているような心地がした。黒に、飲み込まれる。

あたしはハリボテの聖女だった。異世界からやってきた聖女でもないし。シャルテちゃんなんて姿も嘘だ。

けれど全てを剥ぎ落としたただのシャーレーンを、神様は確かに、愛してる。


――ん？

あたしの方はどうなんだ、って？

そりゃあ――カミサマのみぞ知る、ってやつだよ。

エピローグ／ヒラエス

Epilogue

——夏祭りが終わった翌朝のことだった。

アパートメントの二階の住居から神様と一緒に起きてきて店を開けようとしたあたしは、ふと店の扉に真新しいリースが飾られているのに気づく。

「ん？　なんだこれ」

「危ないものではなさそうだ」

神様が隣でそう言うので、あたしはリースを手に取る。

「作りたてだな。こりゃまあ、随分と綺麗なもので……」

あちこち眺める。薬草の中でも華やかなものばかりを集めて作られた綺麗なリースだ。

手に取り、匂いを嗅ぎ——その瞬間、記憶が鮮やかに呼び覚まされる。

母が夏の暑い日、幼いあたしに話して聞かせてくれたこと。

——母さんは夏に結婚したの。

——結婚式はささやかなものだったけれど……父さんが結婚式の代わりに、新鮮な薬草をかき集めて精一杯の花冠を作ってくれたのよ。

そして、母はあたしにその花冠を目の前で再現してくれた。

夏の強い香りの花ばかりを入れた、母がつけていた香水によく似た、すがすがしい匂いの輪の奥の方にたった一輪だけ、金盞花が差し込まれていた。

リースを手に取って、よく覗き込まないと見えない位置に。

「父さん‼」

あたしはリースを手に、あちこちを走り回って姿を捜した。
しかしどこを見ても、あたしが見つけたかった姿はなかった。
「……父さん……生きてるって思っていいの…………？」
あたしは座り込み、リースを抱きしめた。
父はこの店の噂を聞きつけ、シャルテを、シャーレーンだと思ってくれたのだろうか。
神様が、あたしの肩を抱いてくれる。こういうとき、縋れる温もりがあってよかった。
風が吹く。
父の名でもあるヒラエスの店名が描かれた看板が、鼓舞するように音を立てて揺れた。

書き下ろし
シャーレーンと神様の過去

Newly written

神は眠っていた。

肢体をあたたかくする陽光が心地良い。湿った土に草木が芽生え、虫が蠢き、鳥たちが啄《ついば》んで囀《さえず》りを奏でる。小さな動物が背を駆け回ったりとぐろに潜り込んだり、それぞれ安寧の場所を探す。獣は神の側に日陰を求め、縄張り争いの序列が生まれる。数千年変わらない、穏やかないつもの時間だった。

――ふと、神は己に登ってくる珍しい気配を感じた。人間だ。

人間は神の住まう山の麓に集落を作っていたが、こちらを恐れて近づいて来ることはなかったはずだ。人間はよろよろと足元をふらつかせながら、あろうことかとぐろを巻いた神の上をよじ登り、鼻先近くまでやってきた。

――このままでは鼻息で吹き飛ばしてしまうかもしれない。

危惧してそっと目を開いて見ると、人間は驚き、大きな目を丸くして尻餅をついた。転がり落ちそうになりながらも、踏ん張ってとぐろの上に止まった。

長い髪をかきあげ、人間はしみじみと言った。

「っつ……目覚めるんだな、あんた……」

第一印象は毛の長い山猫。

ふわふわの金髪はひよこや金糸雀のように明るい黄色で、大きな瞳は熟れたての蜜柑色。白い肌と真っ白な服が派手な髪と瞳の色を際立たせた。随分と整った容姿の女だ。よく見ると手足は擦り傷だらけで血が滲み、服も袖が半分千切れかけ、髪はぼさぼさで、木の葉や枝や土が絡んでいる。

神の視線に気づいたのだろう、女は「ああ、これ？」と言いながら軽く右手を掲げた。拳に血が滲んでいる。

「話せば長くなるんだけどさ。あたし生贄なんだよ、あんたの」

『どういうことだ』

目を瞬かせ尋ねる。瞬間、女が目を丸くして両耳を押さえる。

「……頭の中に声が聞こえた。あんたの声？」

『そうだ』

「へえ、面白いね」

女は目を眇めて笑うと、なんてことのない風に話を始めた。

「ほら、このあいだの大雨で川が荒れただろ？　おかげで村は全部水浸し、半分の畑はダメになっちまって、村人も家畜も少なくない数が流された。その後に里では『あんたに貢物を与えていないせいだ』っておっさん連中が大騒ぎし始めてさ」

『我に……貢物？　ほしくないが』

「あはは。ほしくないよね、人間なんかが見繕ったやつなんてさ。でもおっさんたちがそう言い出したら聞かねえんだ。で、結局村は貢物として人間をよこすことにした。ていの良い食い扶持減らしでもあるんだろうけど」

『それが汝か？』

「うん。後もう一人いたんだけど――男がさ」

女は言いにくそうに肩をすくめる。

「神様が男か女か、どっちがほしいのかわかんねえってことで、あたしと同い年の男がもう一人いたんだわ。でも……その」

『その？』

「『どうせ神に食い殺されるならそれより前にいい思いさせろ‼』なんて叫び出して……襲ってきてさあ。で、これよ」

女は拳に滲んだ血を示す。

「殴った」

『殴ったのか』

「いや……あたしも女だしさあ、儚い抵抗だと思ったわけよ。でも案外いいところに入っちゃったみたいで、男の方は……」

『死んだのか』

「わかんない。反動で崖を転がり落ちてったから」

『そうか……』

女がぼろぼろだった理由を理解し、神は傷心した。生きとし生けるものの営みに口出しをするつもりはないが、目の前の女はひどく不憫なように思えたからだ。

『ここまで来たのだ、癒やしてやろう』

「ん？　……癒やすって？」

大きな目を瞬かせる女を、神は大きな口にぺろりと放り込んだ。

体のあちこちが痛いだろうに、女は舌の上で暴れる。噛みついたり引っ掻いたりしてくる。無駄な体力を使わなければいいのに――と、思う。

しばらくして女が大人しくなったので口から吐いて草の上に吐いてやると、唾液まみれになった女はぐったりと動かなくなっていた。

『……眠ったか。しばらく休むといい』

「っ……眠ってねえ、よっ‼」

女ははっとして飛び起きる。濡れた服で顔を拭い、髪を撫でつけ、女は叫んだ。

「ペッペッ……ごほ……ば、ばかやろう！　死ぬかと思ったぞ！　人間は呼吸できなきゃ死ぬし、そもそも食われたかと思ったわッ！」

『我は何も食べないが』

「そうだとしても基本！　口に入れるのは！　捕食！　ほら見てみろ！　あそこの蛇！　なんかの卵を丸呑みしてるだろ！」

『確かに。そうか……』

神にとっては盲点だった。

そもそも、「ものを食べる自分」と言う概念がなかったから。

同時に気づいた。人間にとっては、自分が大きく恐ろしい存在であるということを。

『人間、すまない。驚かせてしまった』

「い、いいよ……傷も全部治ったし、お腹空いてたのも収まったし助かったよ」

『人間。我は貢物などいらない。天候や川の氾濫を止めることもできない。それはこの世界の営みだから。……人間、帰っておっさんたちという名の人間に、我に頼っても無意味だと伝えてほしい』

「……それは……」

『どうした？　まだどこか痛むか？』

「……帰る場所なんてないよ、神様」

　女は困った風に、肩をすくめて首を横に振る。

「あたしは要らないって言われたのさ。帰ってしまえば石を投げられ、殺されるかまた神様《あんた》の下に行かされる。人間たちは信じきっちまってるのさ、誰か『いらない人間』を神様の生贄にしたら自分たちは守られるって。不幸は起きないって」

　まるで昨日の天気について語るように、女は当然のこととして己の運命を語る。

『わからない。我は世界の営みを変えるつもりはないのに。人間の命ごときで動かないのに、なぜ無意味な犠牲を払おうとする』

　神は命全てを平等に想っていた。不平等に生まれる命全てを平らかに平等に、ただこの世界に受け入れるだけが、神ができることだ。

――それなのに人間は。人間は健康で貴重な同種の個体を生贄として神に捧げようとしている

――不幸な怪我や病や老い、争いで死を迎えるのは仕方のないことだとわかる。しかし形骸でしかない思い込みで「良かれと思って」目の前の女を死なせようとする。

神は、理解できなかった。

それを伝えると、女は神の鼻先を撫でて笑った。

「あんた、いいやつだな。……って、神様だから当然か。理解できなくても仕方ないさ。……ただ少なくとも、人間はあたしが二度と戻ってこないことを望んでるってだけさ」

体を覆う銀の鱗が、嫌な震えを起こすのを感じる。獣で言う総毛立つ、に近い。

「嫌そうな顔してんな？」

『当然だ。……理解できないものは、恐ろしい。我が汝の命の代償に人間の傲慢に応えると思われているのも不快だ』

「ははは、お互いどうしようもねえな」

女はひとしきり笑うと、落ち着いたところで話を切り出した。

「神様。あんたが嫌じゃなければ、しばらくこの辺りにあたしに住まわせちゃくれないか？」

『……人間は弱い。野山で生きられるのか、一人で』

「平気さ。あたしは結構頑丈だし、ずっと野宿だったし慣れてるよ。殴られたり襲われたりしないだけでも十分だ」

『……これも運命だ。命尽きるまで、我の傍で安寧に過ごすといい』

神が女の頬を舐めると、女は「またべとべとになるじゃねえか」と笑う。

――捨てられた生贄の女と、恐れられ禁忌とされた龍の神。

それが神と、のちの初代筆頭聖女シャーレーンとの出会いだった。

◇◇◇

女は名前をシャーレーンと名乗った。それは神が初めて覚えた人間の名前だった。

「シャルテ、シャーレーン、シャーリーって、村の女は大抵似たような名前さ。ヒラエス《ながれもの》の娘、シャーレーン・ヒラエスってな。珍しい名じゃないよ」

流れ者の遺した娘。里の余計な食い扶持。それが彼女、シャーレーン・ヒラエスだった。

細くか弱く見えたシャーレーンはその後、言葉通り逞しく神の傍で暮らし始めた。昼は木の実や草を口にして、夜は神のとぐろの中に潜って眠る。暮らしに文句ひとつ言わない彼女に何かしてやりたいと思い、神は人間の真似をして、彼女に木を用いて家を建て、火を与え、狩猟のための刃を与えた。人間が作るものを神の権能で構築するのは容易かったが、シャーレーンは驚き、そして笑顔で受け取ってくれた。

「ありがとう神様。大切に使うよ」

シャーレーンは細く弱い、特別なものなどないただの人間の女だった。

しかし明るい笑顔と弱音を吐かない前向きさが金髪の輝きと同じように眩しくて、神は不思議な気持ちを抱いた。

大いなる力を持つ者が鷹揚な心根を持つのは当たり前のことだ。己に余裕があるのだから。しかし彼女のような、身寄りもなく暴力にさらされて生きてきたか弱い女が、明るく前向きな心を持つのが不思議だった——強いと、思った。


神はシャーレーンと暮らすうちに、彼女をもっと知りたいと願った。

彼女が神の下に訪れて一年が過ぎた頃、神は人間の男の姿を形成した。シャーレーンより数歳年上の姿を想定し、想像できうる限りそれっぽい黒い衣服を形成した。裸足で草を踏むと、龍神の姿では感じないくすぐったさがあった。

「あれっ……誰だ、あんた……？」

春の川で水浴びを済ませて戻ってきたシャーレーンは、神の姿を見て目を瞬かせた。

「……神様、なのか？」

神は頷いてみせて、シャーレーンの濡れた髪に手を触れ乾かす。

「この方が、よりシャーレーンのことがわかる気がした。嫌か」

「……なんだか照れるな。人間になられるとさ。あっもちろん嫌じゃないよ」

見上げてくる彼女は、人間の男の姿になっても小さく見えた。人間の雌個体は雄個体より一回り小さい。それはわかっていても——なんだかその肩が細いと気づいたとき、急にぐっと肋骨の奥あたりが苦しくなった。

「……この感覚は……」

「どうした、神様」

「なんでもない」

神は首を横に振った。シャーレーンは気を取り直したように、周りをぐるぐると回って不思議そうにする。

「神様、人間になっても綺麗なんだな。銀色の龍だったのに、どうして黒髪にしたんだ？」

「シャーレーンに好ましいと思われたかった。銀の髪は老人を意味するのだろう？」

「白髪のことか。……って……な、なんだよ。あたしの反応気にしたのかよ」

シャーレーンは耳を赤くして、長い髪をくるくるといじる。

その様子がいじらしく感じて、神は口を開けて彼女を口に含もうとし――気づいた。

「このままでは口に入れられない」

「入れんなよ。あれ結構びっくりするんだぞ」

「あれが愛情表現のつもりだった」

「知ってるけどさ。……人間の姿でそれは無理だろ」

「じゃあ人間ならどうする？　愛情を表現するには」

「……………それは……」

シャーレーンは目を見開き、唇をぱくぱくと震わせる。

神は権能でシャーレーンの意思を読み解き、なるほどと頷く。

「口付けか。……確かに衣服を纏う人間にとって、粘膜を触れさせ性的な好意を示しあうには最も容易な行動だ」

話を聞いていたシャーレーンは真っ赤になってじりじりと距離を置いていた。

「口に入れるのは困難だが、口付けならできる。どうだ」

「どうだじゃねえよ！」

そうは言いながらもシャーレーンは嫌悪感を示す様子ではなかった。照れているという感じだった。

神は安心した――彼女に受け入れられたのが、嬉しかった。

◇　◇　◇

――シャーレーンと暮らすうちに、ひとつ面倒なことが起きた。

人間がどんどん生贄として娘を送ってくるようになったのだ。

「おっさんども、あたしが生贄になることで里が栄えたと思い込んでるみたいだな」

娘たちは皆白い衣服で花をいっぱい飾り立てられ、泣きながら神の下にやってきた。

「……神様。この子たちも住んでいいかな。この子らを追い返すのはかわいそうだ」

「シャーレーンが望むのなら」

神は認めた。それからシャーレーンは年に一度ほど送り込まれてくる娘たちを保護し、新たに建てた大きな建物で集団生活させた。

彼女たちは同じ真っ白な衣服を纏い、家事に従事し、野山の邪魔にならない程度にささやかな畑を作り、自給自足の生活をするようになった。

「まるで修道院だな」

シャーレーンが呟く隣で、神は尋ねた。

「修道院とは？」

「神に祈る女たちが集団生活する宗教施設さ。……はは、神様がそれを知らないってのは面白いな」

シャーレーンは優しい眼差しで娘たちを見守る。その横顔に神は気づいた。

「……シャーレーン。汝は不老なのか？」

「んなわけないだろ。あたしは普通の人間で、もう三十だよ。……って、あれ」

シャーレーンははっとして頬をぺちぺちと叩くと、川に顔を映す。

「そういや……あたし、老けてねえ、な……？」

「我の権能を浴び続けているからだろうか」

「あんたもわかんねえのかよ」

シャーレーンは苦笑いする。その笑顔が歳を重ねていく姿も見てみたいと思ったが、彼女と寿命で別れなくて良いのはありがたいと思った。

——ありがたい？

「……え」

「どうした、神様？」

神は我に返る。シャーレーンとはいずれ死別するのはわかりきっていたことだ。それなのに急に――たった数十年後のことを考え、神はゾッとするほど恐ろしくなった。

――彼女がいない生活が、もう思い浮かばない。

◇◇◇

シャーレーンとの暮らしは神の魂を少しずつ変質させていった。

神は龍神の姿に戻る頻度が減った。男の姿でシャーレーンと過ごし、寄り添って床を共にするのが当たり前になった。

シャーレーンを腕に抱いて一晩を過ごすとき、腕の中の呼吸と鼓動を聞いているだけで、今まで感じたこともなかった穏やかで満たされた思いがした。肉体が人間の男を形成することで、心も引きずられたのかもしれない。神は己の変化を興味深いものだと受け入れていた。

変化といえば、シャーレーンに請われ、神は己の言葉遣いも変えた。人間の若い男の姿を取りながら、我と汝ではとっつきにくい、と。一つ一つ、人間が年齢を経て魂のあり方が変わっていくように、神もまたシャーレーンの速度に合わせて人間らしさを受け入れていった。

いつしか大陸を潤す霊泉の神ではなく、シャーレーンに呼ばれる「カヤ」の名が馴染んだただの人間の男のようになった。

けれど——穏やかな暮らしも、終わりの日が訪れる。

突然、麓の集落から、シャーレーンを魔女と罵り殺そうとする一団が登ってきたのだ。

神はシャーレーンの目に留まる前に彼らを退けた。

しかし何度退けても彼らは諦めず、ついには山ごと燃やそうと計画しているようだった。

隠しきれなくなり、ついにシャーレーンに人間の愚行が露呈する。


——ある日の夕暮れ。

匿った女たちが家に明かりを灯し和やかに夕飯の準備をする様子を遠くから見ながら、十八歳の姿のまま八十歳をむかえていたシャーレーンは舌打ちした。

「……追放した女たちが楽しく暮らしていることに誰か気づいたんだろ。死んでくれないと神の怒りがなんたら、ってな……ったく、引っ込んで大人しく生きていたら生きていたで政《まつりごと》に利用されるったぁ、めんどくせえもんだな」

「……どうする。住まいを別の場所に変えるか」

「いや。あたしたちだけならともかく、彼女たちを連れて当てもなく移動はできない。……仕方ないさ」

シャーレーンは溜息をつくと、髪をかきあげ歩き始める。神は腕を掴んだ。

「どこに行く」

「他の女たちに、しばらく外出するなと伝えてくる」

シャーレーンはこちらを見ない。神は心を見抜いた。ギュッと、細い腕に力を込める。

「放してくれないか。痛いよ」

「死なせない。俺の妻だろう、あなたは」

「あたしはさすがに長生きし過ぎたよ。……あたしが囮になって守れるなら、守りたい」

「しかし」

「……神様もわかってんだろ？　あたしが若い姿を保っていようが、もう長くないって」

神は雷に撃たれるような心地がした。頭が痺れて動けない。

彼女は見た目こそ若いままを保っているが、魂はすでに耐久年数を超えかけていた。百歳。それは肉体の若さで補いきれない、彼女の魂の限界を示していた。

呆然とする神にシャーレーンはくすりと笑み、腕をほどいて両手で頬を撫でた。

たった百年未満。神にとっては瞬きに等しい短い時間が、神をすっかり変えてしまった。

──その変化の幸福と不幸に、神は今更気づいてしまった。

「嫌だ。俺は……どうやって、シャーレーン亡き後生きればいい」

「神様らしくもねえじゃん、旦那サマ？」

橙の夕日と宵闇の濃紺が混ざり合う山頂の空は、神とシャーレーン──二人の色を絡めあったような色をしていた。

シャーレーンはどこまでも綺麗に微笑んだ。

「あたしには果たすべきことが残っている。……未来に渡って、あんたやあの娘たちが安心して生きられるようにしたい。そのために命を使いたいんだ、カヤ」

――こんなときだけ名前を呼ぶのはずるい。

言葉は、震える唇ではついぞ紡げなかった。

◇◇◇

ずっと心のうちで計画を練っていたのだろう。決断してからのシャーレーンは早かった。

シャーレーンはまず集団生活をする女たちを『聖女』とし、土地神カヤに奉仕する神の巫女とした。神の妻にする――という提案は神が却下した。神にとっての妻は、過去にも未来にも、シャーレーンただ一人だけなのだから。

「あたしは初代筆頭聖女として、命を賭して神様に集落の繁栄を願ったということにする。神様は人間たちが『聖女』を保護し敬い奉る間は人間に災いをもたらさない、加護してやると約束してやってくれ。口約束でいいからさ」

「燃やしたくなったら燃やすと思うが」

神の率直な言葉に、シャーレーンは笑って片目を閉じる。

「そのときは人間が勝手に納得してくれるさ。『天罰』ってな。……決行は夏前の降雨期の後。雨で多かれ少なかれ集落に被害が出て、人々は神に祈りたい気持ちになるだろう。そこを狙って、集落の者たちに接触するんだ」

「……危険ではないか？　シャーレーン」

「魔女から聖女様になるんだ、運命をひっくり返すんだから、当然危険は伴うさ」

シャーレーンは意気揚々と準備をしていた。

そんな彼女を『聖女』となった女たちは崇敬し、シャーレーンは今までで最も精力的に、朝から晩まで準備を進めた。

降雨期を終え、ついに山の中腹まで降り、人間に接触して集落の長を呼ぶ日が決まった。

――ついに計画実行の前夜。

シャーレーンの願いで神は龍神の姿に戻り、シャーレーンはとぐろの上で鼻先にもたれかかった。

「あの日から、長かったな。神様」

『……あっという間だった』

「そうだな。神様にとっちゃあたしの命なんて、瞬きぐらいだよね」

シャーレーンの声がくすぐったくて心地良いのと、もうすぐこの声と別れを告げなければならないのが、神の心をかき乱す。

神の心を見透かすように、シャーレーンは鼻先に頬を寄せた。

「……神様。あんた言ってたよな、肉体が死んでも魂は長い年月をかけて回復し、再び生まれ変わるって」

『ああ』

「あたし、またあんたの下に帰ってくるよ。ネズミや虫に生まれ変わったって、必ずあんたのところに。……だからそれまで、寂しくてもヤケ起こすんじゃねえぞ」

『……』

「みんなのこと頼むよ。結局神様の妻のあたし以外は、普通に年取る普通の女なわけだし……みんなが、どうかこれから先せめて安らかに人生をまっとうできるようにさ。この里を守って、二度と居場所を奪われないようにしてあげてよ。……みんなあたしの娘みたいなもんだから、さ」

『承知した。……必ず約束は守る。彼女たちにも神の権能を多少なり分け与え、人間の社会でも生きられやすくしよう』

「本当に⁉　ありがとう、神様」

シャーレーンは屈託なく微笑む。神はそっと、彼女の頬を舐めた。

頬は柔らかく、細い体はあたたかい。

――彼女との思い出があるのなら、束の間の別れくらい、耐えたいと思った。

◇◇◇

想定通り、人間はシャーレーンと聖女たちを殺そうと画策していたようだった。

しかし武装した人間たちは山の頂上に顕現した土地神カヤの姿に膝をつき、震え、装備をほどいて許しを請うた。

『人間。……我が妻シャーレーンを初代筆頭聖女として丁重に扱え。彼女と彼女の遺す聖女たちの安寧と名誉を永劫保護する限り、我はこの場で汝らの集落を見守ろう。贄ではなく、誠意を我に示せ』

人間はただひれ伏し、神の意向の前に静かになった。

神の関知しない部分で彼らはすぐに聖女たちを保護する組織を作り、集落の長は神から直々に命令を受けた者として、人間社会を統治し始めた。

――全てが片付いたところで、シャーレーンはついに動けなくなった。

聖女たちは毎日シャーレーンの快癒を願って祈りを捧げ、人間はシャーレーンのために各地の新鮮な果物を貢いだ。

シャーレーンは何も口にできず、果物は泣き濡れる聖女たちの食事となった。

出会った頃のように神はシャーレーンを口に収め、連日にわたって治癒を試みた。

けれどシャーレーンはみるみる弱り、ついに命が潰《つい》えるときが来た。

人間の姿を成した神の腕の中で、シャーレーンは消えるように呟いた。

「……無様だな。最後までカッコつけて……いたかったんだけど……」

「シャーレーンは格好いい。立派だ。尊敬している」

「神に尊敬される女、ね……いいじゃねえか」

「愛してる」

「ああ、愛してるよ、神様」

シャーレーンは神を見上げた。涙の雫を頬に浴びながら、屈託なく笑って見せた。

「またね」


——神はシャーレーンの魂が抜けた体を、神の権能を以て剣にした。

彼女の亡骸を誰にも渡したくなかった。彼女だけの自分でありたかった。

「シャーレーン。またいつか……必ず」

神は剣に微笑むと、切っ先を己に突きつけ、己の胸に突き立てた。

「——ッ……‼」

己の持つ権能と、シャーレーンが年月をかけて体に取り込んできた、神の権能を絡めて作った剣。それは容易く、神の体を刺し貫いた。

膝を折り、神は前屈みに倒れる。シャーレーンと出会い、別れた草の上に神の鮮血が滴っていく。神としての力が大地に縫い止められていくのを感じた。

——この地は神の領域とする。シャーレーンの帰る土地を豊饒の国にして、彼女を待つ。彼女と暮らした聖域は、他人には二度と触れさせない。

シャーレーンと共に過ごした場所に、シャーレーンの亡骸に縫い止められて生きていく。

「……愛している、シャーレーン」

ごぼ、と血を口からこぼして、神は笑う。
人間の男としてのカヤの死を、愛する妻に捧げられて満足だ。
神は目を閉じる。短い間に色々あり過ぎて――疲れた。
『しばらくの間だけ……俺は………シャーレーンに、呼ばれるまで、は……』

――神が倒れた地には、巨石に突きたった真新しい剣だけが残された。
剣を抜こうと人が近づけば、接触を拒絶するかのように熱湯が沸いた。
人は剣を筆頭聖女の聖遺物と呼び、湧き出る熱湯を霊泉として大切に扱った。
霊泉は人々の生活を潤し、王国に繁栄をもたらした。
神はただ、妻と再会できる日を待ち続けた。胸に彼女の亡骸を感じながら。

――そして数百年が経過し。
シャーレーン・ヒラエスが再び、土地神カヤを呼ぶ日がやってくる。

本書に対するご意見、ご感想をお寄せください。

あて先

〒162-8540 東京都新宿区東五軒町3-28
双葉社　Mノベルス f 編集部
「まえばる蒔乃先生」係／「ザネリ先生」係
もしくは monster@futabasha.co.jp まで

ハリボテ聖《せい》女《じょ》は幼《よう》女《じょ》になり、愛《あい》の重《おも》い神《かみ》様《さま》と追《つい》放《ほう》ライフを満《まん》喫《きつ》する

2023年９月11日　第１刷発行

著　者　まえばる蒔乃《まきの》

発行者　島野浩二

発行所　株式会社双葉社
〒162-8540　東京都新宿区東五軒町３番28号
［電話］03-5261-4818（営業）　03-5261-4851（編集）
http://www.futabasha.co.jp/（双葉社の書籍・コミック・ムックが買えます）

印刷・製本所　三晃印刷株式会社

［電話］03-5261-4822（製作部）
ISBN 978-4-575-24667-4 C0093